U0938519

打錯了

劉以鬯 著

獲益出版事業有限公司

打錯了（獲益文叢）

著　　者：劉以鬯
封面設計：劉以鬯
主　　編：黃東濤（東瑞）
督 印 人：蔡瑞芬
出　　版：獲益出版事業有限公司
香港九龍土瓜灣道94號美華工業中心A座8樓11號室
HOLDERY PUBLISHING ENTERPRISES LTD.
Unit 11, 8/F Block A, Merit Industrial Centre,
94 To Kwa Wan Road, Kowloon, H.K.
Tel: 2368 0632　　Fax: 3914 6917
版　　次：二零零一年四月初版
二零二四年五月十三版
國際書號：ISBN 978-962-449-385-6

まちがい電話

劉以鬯（香港）:作
金子南雄:訳

を待っていたので、必要がなければ、街に出ては行かなかった。ところが、麗賺が電話をかけてきて映画に誘ってくれたので、彼はどうしても行かなくてはならない。もう4時50分で、できるだけ早く“利舞台”に行かなくてはならない。遅れたら、麗賺が怒ってしまう。そこで、大股に歩いて、ドアを開け、その外側にある鉄のドアも開けて、外に出た。ふりむいて、ドアを閉め、鉄のドアも閉め、エレベーターに乗って、下に降り、マンションを出て、うきうきとした気持ちでバス停に向かった。バス停につくとすぐ、バスが一台疾走してきた。バスはブレーキがきかないままバス停に突っ込み、陳烈と老婦人と女の子をなぎ倒し、彼らをミンチにしてしまった。

二

電話が鳴った時、陳熙はベッドに横になって天井を眺めていた。電話は呉麗賺からだった。呉麗賺は彼と“利舞台”で5時半からの映画を見にいく約束をした。彼は急に元気になり、すばやく髭を剃って、髪を梳かすと、更に服を着替えた。服を着替えるとき、ピューピューと「勇敢な中国人」を口笛で吹いたりなんかした。着替えをすませ、クローゼットの前に立ち、鏡の中の自分を念入りにチェックし、ブランド物のスポーツウエアを新調しなくてはと思った。彼は麗賺を愛していて、麗賺も彼を愛していた。仕事さえ見つかれば婚姻登記所に行って入籍できるのだ。彼はアメリカから帰国したばかりで、学位を取ったけれども、仕事を探すとなれば、運に任せなくてはならない。運が良ければ、すぐに見つかるし、運が悪ければ、しばらく待たなくてはならない。彼は既に7，8ヶ所応募したのだが、ここ数日のうちに返事があるはずである。こういう具合なので、ここ数日間、彼はずっと家にこもって、それらの機関からの電話を待っていて、必要がなければ、街に出ては行かなかった。ところが、麗賺が電話をかけてきて映画に誘ってくれたので、彼は絶対に行かなくてはならない。もう4時50分で、できるだけはやく“利舞台”に行かなくてはならない。遅れたら、麗賺が怒ってしまう。そこで、大股に歩いてドアを開け……

電話が再び鳴った。

応募した機関の職員がかけてきたと思い、

刊於《火鍋子》第三十六期（一九九八年三月）的日譯《打錯了》（金子南雄譯）

SPECIAL HONGKONG

Le mauvais numéro.

Liu Yichang

CHEN Xi est dans son lit en train de regarder le plafond au moment où le téléphone sonne. C'est Wu Lichang. Elle l'invite à aller voir un film à cinq heures trente au Liwutai. Son moral remonte aussitôt. Il va se raser en vitesse, se peigner, changer de vêtements. En se changeant, il siffle *Le Courageux Chinois*. Changé, debout devant la garde-robe, il s'examine dans le miroir et se dit qu'il devrait acheter une chemise sport, de marque. Il aime Lichang, elle l'aime aussi. Il a juste besoin de trouver un travail pour pouvoir aller au bureau des licences de mariage. Il vient de rentrer des Etats-Unis; même avec un diplôme, trouver un travail, c'est une affaire de chance. S'il en a, il pourra trouver très vite, sinon, il devra peut-être attendre encore un moment. Il a déjà envoyé sept ou huit lettres de demande d'emploi et devrait avoir des réponses ces jours-ci. C'est pour ça que ces derniers temps il est resté tout le temps chez lui, il attendait un coup de fil de la secrétaire de ces compagnies; il ne sortait qu'en cas de nécessité. Mais si Lichang téléphone pour l'inviter à aller voir un film, pour sûr, il va y aller. C'est déjà quatre heures cinquante, il doit vite partir pour le Liwutai, s'il est en retard, elle sera fâchée. Alors il va à grandes enjambées ouvrir la porte d'entrée, tire le verrou, sort, se retourne, verrouille la porte, prend l'ascenseur, descend, sort du bâtiment et se dirige le cœur léger vers l'arrêt de bus. Il vient d'arriver à l'arrêt, un bus survient à toute vitesse. Hors de contrôle, le bus descend la rue en direction de l'arrêt, heurte Chen Xi, une vieille femme et une jeune fille, et les réduit en bouillie.

82

刊於《LITTERATURE CHINOISE》（一九九七年三月號）的法譯《打錯了》（HÉLÈNE LESAGE譯）

A Wrong Phone Call

Liu Yichang

When the phone rang, Chen Xi was lying listlessly on his bed, gazing at the ceiling. It was Wu Lichang, calling to make a date with him for a five-thirty movie at Liwutai. His spirits were immediately lifted. He started to wash and brush up, and quickly changed his clothes, whistling *Brave Chinese* as he did so. Then he stood before the mirror looking at his reflection, and thinking that he could do with a new designer sports jacket. He loved Lichang, and she loved him, too. They had decided to get married once he got a job. He had just returned from the United States, where he had studied for a degree, but a degree in itself didn't guarantee a job. He would have to rely on luck, which would give a person a job as soon as it favoured them, while keeping them waiting a rather long time if it didn't. He had sent off seven or eight application letters and was now waiting for replies. Recently he had been staying at home and seldom went out in case he missed a phone call from any potential employer. But a date with Lichang was an exception. It was four-fifty now, and he must be quick. Lichang wouldn't like him to be late. He strode over to the door, opened it, then the steel outer door, stepped out, turned around to lock both doors, got in the lift, reached the ground floor, came out into the street and walked lightly towards the busstop. Hardly had he got there when an out-of-control bus came flying out of nowhere, knocked down Chenxi, an old woman and a little girl, crushing them all to death.

When the phone rang, Chen Xi was lying listlessly on his bed, gazing at the ceiling. It was Wu Lichang, calling to make a date with him for the five-thirty movie at Liwutai. His spirits were immediately lifted. He started to wash and brush up, and quickly changed his clothes, whistling

71

刊於《CHINESE LITERATURE》（一九九七年第三期）的英譯《打錯了》（ZHANG SHAONING譯）

Wrong Number

I

Chen Xi was lying on his bed looking at the ceiling when the telephone rang. It was Wu Lichang. She suggested going to see the five-thirty film at the Lee Theatre. He perked up at once, and briskly set about shaving, combing his hair and changing his clothes. As he changed he whistled the tune of an old patriotic song, "We are the bold Chinese". Having finished changing he stood in front of the wardrobe and looked himself up and down in the mirror; he decided he would have to buy himself a designer tracksuit. He loved Lichang, and Lichang loved him. As soon as he found a job they could go to the marriage registry office and name a day. He had just come back from America, and though he had got a degree, finding work was still a matter of luck. If his luck was good it shouldn't take long, but if his luck was out he might have to wait a while. He had already applied for seven or eight jobs, and the replies ought to be coming back any time now. That was in fact the reason why he had been hanging about at home all day: he was waiting for the firms he had applied to to give him a ring. Normally he wouldn't go out unless absolutely necessary, but in Lichang's case it was different: going to the cinema with her was not to be missed. It was already four-fifty: he had to get a move on to get to the Lee Theatre in time. Lichang would be annoyed if he was late.

D.E. POLLARD將《打錯了》譯成英文，收入《THE COCKROACH AND OTHER STORIES》

Wrong Number

Liu Yichang

Translated by Michael S. Duke

CHEN Xi was lying in bed staring at the ceiling when the telephone rang. It was Wu Lichang. She invited him to go to the five-thirty movie at the Leimoutoi Theater. His spirits were instantly buoyed up and he shaved, combed his hair, and changed clothes with alacrity. As he was changing clothes, he softly whistled the currently popular tune "A Courageous Chinese." Examining himself in the mirror after dressing, he decided that he really must buy himself a famous brand shirt. He loved Lichang and Lichang loved him. As soon as he could find a job, they could go to the Marriage Bureau and register. He had just returned from America, and, although he had his degree, he still had to rely on luck to find a job. If his luck was good he would find a job very quickly, but if his luck was bad he might have to wait for some time. He had already sent out seven or eight letters in answer to job advertisements; some replies should be coming in this week. It was on this account that he had been staying at home for the past few days waiting for phone calls from those companies and not going out unless absolutely necessary. But since Lichang had called to invite him out to a movie, he definitely had to go. It was already four-fifty; he had to step on it to get to Leimoutoi on time. If he was late, Lichang would be angry. And so he went forth with long strides, opened the front door, pulled back the steel grating, stepped outside, turned around, closed the front door, locked the steel grating, got into the elevator, went downstairs, left the building, and strode off in the direction of the bus stop with a feeling of breezy relaxation. Just as he reached the bus stop, a bus came speeding along, swerved out of control, careened up onto the bus stop, ran into Chen Xi, an old woman, and a little girl, and crushed them into bloody pulp.

Chen Xi was lying in bed staring at the ceiling when the telephone rang. It was Wu Lichang. She invited him to go to the five-thirty movie at the Leimoutoi

---

Written in 1983. This translation is from Liu Shaoming and Ma Hanmao, eds., *Shijie zhongwen xiaoshuo xuan* (The commonwealth of Chinese fiction) (Taibei: Shibao wenhua chuban gongsi, 1987), 2:473–75.

303

MICHAEL S. DUKE將《打錯了》譯成英文，收入《WORLDS OF MODERN CHINESE FICTION》

目錄

自序

劉以鬯

從一九四五年發表《風雨篇》到二〇〇〇年發表《我與我的對話》，我寫過不少微型小說。我曾在《快報》寫《短篇小說》專欄、在《星島晚報》寫《一分鐘小說》專欄（署名「同繹」）、在《銀燈日報》寫《掌篇小說》專欄、在《恆報》寫《短篇小說》專欄、在《新晚報》寫《香港故事》專欄（署名「太平山人」）。此外，還不時為其他報刊撰寫微型小說。

收錄在這本集子裡的七十篇微型小說，是過去半世紀內寫的，時間上的間隔頗大。時間是不會停止的，社會生活也會跟隨時間的推移而不斷變遷。讀者要是將五十年代的作品當作九十年代的作品來閱讀，就有可能將真實的記敘視為錯誤的描述。小說雖屬虛構；但是為了使作品具有可信性，作者必須忠於生活，在虛構的情節中展現社會生活的真實面。正因為這樣，當我選輯這本集子時，我也在自己的舊作中着到歷史足跡，隨之產生新的體會與理解。這樣講，祇想強調時移事異的實際情況，絕對無意將時間的距離看成本書的特質。

本書題名為《打錯了》，因為《打錯了》是我寫的微型小說中最受注意的一篇。這篇小說寫於一九八三年四月二十二日，距今十八年，我仍能清楚記得那天早晨的情形。那天早晨，吃過早餐，我坐在客廳閱讀日報，讀到《港聞版》一則報道「太古城巴士站發生死亡車禍」的新聞，感到意外，也有點驚訝。我是住在太古城的，經常走去太古城中心的巴士站搭乘巴士，讀過這一則新聞的內容後，心有所感，因此產生寫一篇微型小說的意圖和構思，當即放下報紙，走去書房，提筆疾書，花了大約半小時的時間寫成《打錯了》。小說寫成後，發表於一九八三年六月一日的《星島晚報・大會堂》，不但被譯成英文、法文和日文；還被收入多種選集和報刊。據我所知，將《打錯了》收入選集或報刊的有二十幾種：

（一）《一九八三年短篇小說選》（北京人民文學出版社，一九八四年。）

（二）《台港微型小說選》（邵開善編，湖南文藝出版社，一九八七年。）

（三）《世界中文小說選》（劉紹銘、馬漢茂策劃編輯，台北時報出版公司，一九八七年。）

（四）《微型小說萬花筒》（周粲編，新加坡作家協會，一九九四年。）

（五）《世界華文微型小說大成》（江曾培主編，上海文藝出版社，一九九二年。）

（六）《課外語文》（王蒙、劉心武主編，遼寧人民出版社，二〇〇〇年。）

（七）《海內外華人微型小說精選簡評集》（葉茅編著，廣西民族出版社，一九八九年。）

（八）《中外微型小說鑒賞辭典》（張光勤、王洪主編，北京社會科學文獻出版社，一九九〇年。）

（九）《微型小說三百篇》（李春林、鄭允欽主編，江西百花洲文藝出版社，一九九九年）

（十）《中外名家微型小說大展》（《小說界》編輯部選編，上海文藝出版社，一九八九年。）

（十一）《微型小說藝術初探》（許世傑選編，河南人民出版社，一九八七年。）

（十二）《梅莉的晚約——台港微型小說精選》（周文彬編，一九九〇年。）

（十三）《香港「迷你小說」精品》（林如求選評，福州海峽文藝出版社，一九九〇年。）

（十四）《微型小說集》（《小小說選刊》編輯部編，中國文聯出版公司，一九八六年。）

（十五）《世界華文微型小說名家名作叢編》（中國微型小說學會策劃，上海文藝出版社，一九九六年。）

（十六）《香港作家小小說選》（東瑞、秀實編析，香港獲益出版事業公司，一九九五年。）

（十七）《當代微型小說名篇賞析》（王春煜、周相海主編，福州海峽文藝出版社，一九九二年。）

（十八）《當代台港文學名作賞析》（王宗法、馬德俊主編，福州海峽文藝出版社，一九八九年。）

（十九）《中國當代短篇小說選》（黃維樑編，香港新亞洲出版社，一九八八年。）

（二十）《小說月報》（一九八四年第七期）

（二十一）《當代文壇》（一九八四年第十期）

（二十二）新加坡《聯合早報・星期小說版》（一九八三年六月十九日）

（二十三）《語文學習》（一九九六年一月號）

（二十四）《人民日報》海外版（一九九七年十月二十七日）

（二十五）《世界華文文學》（一九九九年第八期）

很久以來，我一直希望出版一本微型小說集，因為事務繁忙，總抽不出時間整理舊作。現在，我不再處理香港文學雜誌社的事務，有足夠時間做修訂工作，加上瑞芬東濤夫婦的督促，這本微型小說集終於可以與讀者見面了。

多謝瑞芬東濤夫婦的幫助。

（二〇〇一年二月十五日）

我與我的對話

你打算寫一部長篇小說？

是的。

寫什麼？

寫一部故事動人的小說。

為什麼？

因為沒有故事的小說，爭取不到讀者；要爭取讀者，必須有動人的故事。

喬治・波爾蒂（Georges Polti）認為戲劇只有三十六種劇情；其實，小說也不可能有三十七種故事。除非不想寫一部具有新意的小說；否則，不應該過分重視故事。

我無意寫一部具有新意的小說，只想寫一部像《隨風而逝》（《Gone With the Wind》）這樣的長篇。你當然不會不知：《隨風而逝》是三、四十年代美國最暢銷的小說，出版後，單是一九三九年就售出兩百萬本。

你有意寫一部近似史嘉蕾・奧哈拉（Scarlett O'Hara）與雷脫・白特勒（Rhett Butler）式的戀愛故事？

大部分讀者喜歡讀戀愛小說。為了加強小說的故事性，我有意寫一女三男的故事。這一類的故事已有不少人寫過，姚雪垠的《春暖花開的時候》就是寫一男三女的故事，用太陽、月亮、星星來象徵三個女主角的性格，出版後，不到兩週就賣掉一萬本。此外，徐速的《星星、月亮、太陽》也用星星、月亮、太陽象徵三個女性的不同性格，縱無新意，讀者卻多。

姚雪垠的《春暖花開的時候》與徐速的《星星、月亮、太陽》都是寫一男三女的故事。我計劃中的小說寫的是一女三男的故事。

一女三男？

蕭紅與蕭軍、端木蕻良、駱賓基。

（二〇〇〇年十一月九日作）

（發表於二〇〇〇年十一月二十九日《大公報・文學》）

多雲有雨

二〇〇〇年十一月七日，多雲，有雨，天文台懸掛一號風球。下午兩點鐘，亞花與男友吵架後冒雨奔回家中，打電話給森仔，約他四點鐘到「皇室」去看《花樣年華》。

二〇〇〇年十一月七日，多雲，有雨，天文台懸掛一號風球。下午兩點一刻，森仔接到亞花的電話，約他到「皇室」去看《花樣年華》，歡欣若狂。收線後，走去牌桌邊，好聲好氣向正在打牌的母親拿錢，母親手風不順，惡聲惡氣說：「不給！」森仔不能拒絕亞花的約會，只好冒雨出街。當他見到一個肥婆撐着雨傘在小巷中行走時，立即拾起石塊，用力猛扑肥婆腦袋，搶走她的銀包。

二〇〇〇年十一月七日，多雲，有雨，天文台懸掛一號風球。下午兩點半，肥婆撐着雨傘到街市去買菜，在小巷中行走，被森仔用石頭扑破腦袋，暈倒在地，流出很多很多的血。

二〇〇〇年十一月七日，多雲，有雨，天文台懸掛一號風球。下午兩點三刻，老鄺冒雨出街，經過小巷，見暈倒在地的肥婆，雖然感到驚訝，卻不報警。他未吃中飯，肚餓，要趕去酒樓吃平價點心。

二〇〇〇年十一月七日，多雲，有雨，天文台懸掛一號風球。下午三點十分，疾風迅雨，一名警察經過巷口時並沒有注意到巷內的肥婆，只是自言自語：「天文台的一號風球已經掛了幾十個小時！」

（二〇〇〇年十一月八日作）

（發表於二〇〇〇年十一月二十九日《大公報・文學》）

爭辯

1

甲：「他講得很對。」
乙：「他講得很對。」
丙：「他講得很對。」

2

甲：「他講得很對。」
乙：「對。」
丙：「對。」
丁：「不對！」

3

甲提高嗓子：「他講得很對！」
乙提高嗓子：「對！」
丙提高嗓子：「對！」
丁厲色厲聲：「他講得不對！」

4

甲：「他沒有講錯。」
乙：「他沒有講錯。」
丙：「他沒有講錯。」
丁拔出亮晃晃的刀子：「他講錯了！」
甲低聲下氣：「他講錯了。」
乙低聲下氣：「他講錯了。」
丙粗聲粗氣：「他沒有講錯！」

5

丁瞪大怒目，將刀子刺入丙的胸膛：「他講錯了！」
丙呼吸迫促，聲音微抖：「他……他沒……沒有講錯……」
丁拔出刀子，朝丙的胸膛再刺一刀。

6

甲：「他講得不對。」
乙：「他講得不對。」
丁獰笑：「他講得對。」

（二〇〇〇年八月二十八日作）

（刊於《香港作家》二〇〇一年第壹期）

大眼妹和大眼妹

1

被人喚作「大眼妹」的麥藍走入酒店時，那個思念仍在她的腦子裏不斷重複「送牛仔入醫院……送牛仔入醫院……送牛仔入醫院……」

進入酒店的房間時，那個思念依舊在她的腦子裏不斷重複：「送牛仔入醫院……送牛仔入醫院……」

脫去衣服，躺在牀上，她仍在想：「送牛仔入醫院……送牛仔入醫院……」

那個身上有股濃烈臭味的男人用粗暴的動作將她當作玩具時，她仍在想：「送牛仔入醫院……送牛仔入醫院……送牛仔……」

2

鄭銀姣有一雙大眼睛，認識她的人都管她叫「大眼妹」。那天晚上，她將自己打扮得如同舞台上的花旦，衣飾華麗，婀婀娜娜走入「鴨店」。她的丈夫曹發是香港富商，也是喜歡享樂的花花公子。曹發追求銀姣時送過不少珠寶與金錢給她。但是，銀姣嫁給曹發後，曹發不再喜歡她的大眼睛了，常常在外邊跟別的女人廝混。銀姣不願做籠中鳥，為了解悶；為了報復曹發，經常走去「鴨店」找「鴨仔」，用曹發送給她的錢去尋找刺激，帶「鴨仔」到酒店去開房。

3

二十年前，C村的麥泰夫婦生了一對孿生女。這一對孿生女，大的叫麥藍；小的叫麥紫，長相一模一樣，都有一對大眼睛。當她們一週歲的時候，麥泰夫婦因歉收而境況窘迫，連吃飯都成問題。有一個姓鄭的香港人因為沒有子女，經朋友介紹，有意向麥泰夫婦收買麥紫。麥太不肯。麥泰說：「賣給他吧，不賣，日子就過不下去。」麥太頻頻搖頭，哭得上氣不接下氣。麥泰說：「阿紫和阿藍是雙生女，長得一模一樣，有兩個等於有一個；有一個等於有兩個，賣掉阿紫，還有阿藍。」麥太依舊哭得涕泗滂沱，心裏一百二十個不願意；只因境遇窮困，經過一番爭吵後還是點了頭。麥紫賣掉後，不到一年，麥泰因病逝世。麥太無法過活，帶了阿藍到香港去投靠姐姐。麥太的姐姐嫁給一個姓蔡的癮君子，日子也不好過，為了維持生活，在酒樓做點心婆。阿藍五歲時，母親患乳癌逝世。阿藍十七歲時，姨媽患心臟病不治。阿藍十八歲時，老蔡姦污她，生了牛仔。牛仔出世後，失意潦倒的老蔡強迫阿藍到酒店去接客。阿藍的生活越來越困苦，常常想起死去的父母及姨媽。阿藍不知道她還有一個名叫阿紫的妹妹；更不知道阿紫被姓鄭的男人買去後改名鄭銀姣，在香港成長，現在是富商曹發的妻子。就在那天晚上，阿藍接過客後，離開酒店，走到大門前，見阿紫挽着「鴨仔」的手臂走進來。兩人擦肩而過，阿藍忍不住轉過臉去看阿紫，竟發現阿紫也轉過臉來看她。

（二零零零年十一月十三日作）

（刊於《鑪峰文藝》第五期，二〇〇一年一月一日）

風雨篇

夜如行腳僧在荒郊步行。

秋雨綿綿。

葉落一串串，隨風搖墜。林間狼嗥是中夜的歌唱者；極寥落，更厭蟋蟀常來覓伴以啾啾。如今，風和雨竟成了野屋的唯一客人，呼呼颸來，似怒似愁似老嫗飲泣。

山中人，怕風，更怕雨，特別是那等待丈夫歸來的婦人，風雨對他就會像喪鐘般可怕。

她久久凝視燈花的飛濺，神往在煙影裏，已達一宵。時近拂曉，雨仍在擊打破簾，淅瀝作回聲，一如私語。「還沒有回來？為什麼還沒有回來？」她揉揉疲憊的眼，推開破窗：又見一片陰黯天色，陰黯得彷彿在生氣；又彷彿是一個驚嘆號。吹熄燈，唯耗子仍在咀嚼寂寞。舉首望殘簷，舊巢邊比昨日又多了幾圈蛛網。想舊春猶有黃雀穿來穿去；此時連愛熱鬧的野雞因找不到熱鬧而遠飛。有第一聲雞鳴劃過群山，鄰村犬吠似有人來，細細傾耳諦聽，竟是輕快旅步，自遠漸近，自近漸更近。「他回來了！」趕忙整襟，梳髮，露一絲歡迎的微笑，等待在門側。

但是他沒有來。但是他沒有來。但是他沒有來。

最後，發覺所謂「旅步」，原來是環山而來的風腳，正打從這死蛇般的小道，匆匆而過。

（猛然想起：他戰死已三年。）

（一九四五年十一月二十一日作）

（刊於一九四五年十一月二十五日重慶《和平日報‧和平副刊》）

認字

小時候，父親帶我去見一位長輩。那長輩知道我已開始上學，指着對聯上的「恭」字問我：

「識不識這個字？」

我答：

「茶。」

他又指着對聯上的「孝」字，問

「識不識這個字？」

我答：

「老。」

他展顏微笑，對我的父親說：

「這個孩子很聰明。」

（一九九四年五月十一日）

填字

王老師在黑板上寫了這樣的句子要學生們填字：

老師□□，我就□□。

我第一個繳卷，填的是：

老師打我，我就不來。

王老師給我八十分，我很高興。放學回家，將作文簿拿給父親看。父親立即走去學校問王老師：

「這還了得？你打他，他就不來上學了。你不但不責備；還給他這麼高的評分！」

王老師對我的父親說：

「全班祇有他填得最通順。他很聰明。」

（一九九四年五月十一日）

副刊編輯的白日夢

現實世界是：

東半球的人這樣站

西半球的人這樣站

掀開夢簾，伸手捧月。月光從指縫間射出，很美。圍個花邊框，標題：「李白的希望」。

你在笑，眼睛瞇成一條線。你站在現實那一邊。

我與你隔着透明的門簾，情形有點像戲台，一邊出將；一邊入相。走出去，是夢境；走進來，是現實。我們常在夢與現實之間走來走去。

現在，我剛進入夢境。寫字枱前的一排玻璃窗，年前抹過一次，此刻灰濛濛的塵埃使窗外的景物有點模糊。維多利亞海峽裏有不少大船，也有不少小船。

你仍在笑，眼睛瞇成一條縫。

——我討厭死氣沉沉的編輯部，我說。我喜歡到沒有日曆的夢境去尋找新奇。

我在夢裏疾步行走。滿版「六號」猶如一窗煙雨。「四號楷書」令人想起瑪哥芳婷的細腰。右邊有一行；左邊也有一行，像張龍；也像趙虎，緊緊夾住怒目而視的包黑頭。

我離你漸遠。

你仍在喊叫：

——回來吧。

我假裝沒有聽見。

走上紫石街，經過武大門口，抬頭觀看，簾子低垂，看不見千嬌百媚的潘金蓮，正感詫異，鄆哥躡手躡足走來，低聲說：

——西門慶與潘金蓮在王婆房內，房門緊閉着，像憤怒人的嘴。

以下的事情只能用「……」代替「下回分解。」

六分三的領域中，D.H勞倫斯在放聲大笑；但是蘭陵笑笑生笑得更大聲。

這時，我還能聽到你的喚聲。我已進入另外一個境界。喬也思寫思想，不用標點。薩洛揚寫對白，不用引號。奧尼爾將ＡＢＣＤ堆成一座大森林，存心戲弄黑皮膚的瓊斯皇帝，使他迷失方向。……

忽然聽到一陣急促的腳步聲。

定睛一瞧，原來一群作家在照相機前原地踏步。

前面是海。

吳爾芙的浪潮沖不破冬烘的舊夢。湯瑪士・曼乘船渡海，沒有人察覺他把舵時的滿額汗珠。

我已聽不到你的喚聲，不知道你是否仍在遠處喚我。夢是無邊際的，一切都沒有規格。但是，用「七行大」（注一）標出林黛玉的感情，無異將制水時期的淡水傾倒在維多利亞海峽裏；用纖細的花粒裝飾李逵的大斧，猶如夏天穿棉袍。

我在夢中奔走。

借用無聲的號角亂吹，必成「庸俗小說」嘲笑的對象。魔鬼多數愛戴彩印的面具，商品都有美麗的包裝。

鴛鴦仍在戲水。

蝴蝶仍在花叢飛舞。

將文字放在熱鍋裏，加一把鹽之後再加一把，可以成為廉價出售的貨品。

在夢中奔走不會不感到疲勞。夢境並非仙境，遇到絆腳的荊棘，也會流汗流淚。

為什麼？

這是睜開眼睛做的夢。

白日夢也是夢，與閉着眼睛做的夢不同。它使你發笑。它使你流淚。它使你發笑時流淚。它使你流淚時發笑。

排字房的鈴聲大作，我從夢境回到現實。我走去俯視地板上的方洞，拉起破籃子，取出一張明天見報的大樣。（注二）

大樣是路程的標記。骯髒的油畫裏蘊藏着數不盡的躊躇與驅不散的憂悶。

我拿着大樣回座，好像一個剛做過激烈運動的運動員，疲憊得連光彩奪目的東西也不願看。

我皺眉。

你笑。

——淺水灣頭縱有寂寥的小花搖曳於海風中，也要謹慎遮掩勇氣。且慢歡喜，你說。

抬頭遠望，九龍半島的燈火好像釘在黑絲絨上的珠片閃閃發亮。

現實世界是：

東半球的人看到月亮

西半球的人看到太陽

（原載一九六〇年五月一日《香港時報・淺水灣》）

（一九八七年四月二十六日改二十餘年前的舊作）

注一：大鉛字，佔七行地位。

注二：排字房拼版師傅將副刊拼好後，打給副刊編輯看的校樣。

打錯了

1

電話鈴響的時候，陳熙躺在牀上看天花板。電話是吳麗嫦打來的。吳麗嫦約他到「利舞台」去看五點半那一場的電影。他的情緒頓時振奮起來，以敏捷的動作剃鬚、梳頭、更換衣服。更換衣服時，噓噓地用口哨吹奏「勇敢的中國人」。換好衣服，站在衣櫃前端詳鏡子裏的自己，覺得有必要買一件名廠的運動衫了。他愛麗嫦，麗嫦也愛他。只要找到工作，就可以到婚姻註冊處去登記。他剛從美國回來，雖已拿到學位，找工作，仍須依靠運氣。運氣好，很快就可以找到；運氣不好，可能還要等一個時期。他已寄出七八封應徵信，這幾天應有回音。正因為這樣，這幾天他老是呆在家裏等那些機構的職員打電話來，非必要，不出街。不過，麗嫦打電話來約他去看電影，他是一定要去的。現在已是四點五十分，必須盡快趕去「利舞台」。遲到，麗嫦會生氣。於是，大踏步走去拉開大門，拉開鐵閘，走到外邊，轉過身來，關上大門，關上鐵閘，搭電梯，下樓，走出大廈，懷着輕鬆的心情朝巴士站走去。剛走到巴士站，一輛巴士疾馳而來。巴士在不受控制的情況下衝向巴士站，撞倒陳熙和一個老婦人和一個女童後，將他們輾成肉醬。

2

電話鈴響的時候，陳熙躺在牀上看天花板。電話是吳麗嫦打來的。吳麗嫦約他到「利舞台」去看五點半那一場的電影。他的情緒頓時振奮起來，以敏捷的動作剃鬚、梳頭、更換衣服。更換衣服時，噓噓地用口哨吹奏「勇敢的中國人」。換好衣服，站在衣櫃前端詳鏡子裏的自己，覺得有必要買一件名廠的運動衫了。他愛麗嫦，麗嫦也愛他。只要找到工作，就可以到婚姻註冊處去登記。他剛從美國回來，雖已拿到學位，找工作，仍須依靠運氣。運氣好，很快就可以找到；運氣不好，可能還要等一個時期。他已寄出七八封應徵信，這幾天應有回音。正因為這樣，這幾天他老是呆在家裏等那些機構的職員打電話來，非必要，不出街。不過，麗嫦打電話來約他去看電影，他是一定要去的。現在已是四點五十分，必須盡快趕去「利舞台」。遲到，麗嫦會生氣。於是，大踏步走去拉開大門……

電話鈴又響。

以為是什麼機構的職員打來的，掉轉身，疾步走去接聽。

聽筒中傳來一個女人的聲音：

「請大伯聽電話。」

「誰？」

「大伯。」

「沒有這個人。」

「大伯母在不在？」

「你要打的電話號碼是……？」

「三——九七五……」

「你想打去九龍？」

「是的。」

「打錯了！這裏是港島！」

憤然將聽筒擲在話機上，大踏步走去拉開鐵閘，走到外邊，轉過身來，關上大門，關上鐵閘，搭電梯，下樓，走出大廈，懷着經鬆的心情朝巴士站走去。走到距離巴士站不足五十碼的地方，意外地見到一輛疾馳而來的巴士在不受控制的情況下衝向巴士站，撞倒一個老婦人和一個女童後，將他們輾成肉醬。

（一九八三年四月二十二日作）

（是日報載太古城巴士站發生死亡車禍）

春

春來了，借一件夾大衣給我。
哪一件？
去年你在「造寸」定做的。
有什麼特殊的約會？
給你猜中了，因為時間太迫促，來不及做，衹好向你借。
可以講給我聽嗎？
暫時不想講。
你一個人去赴約？
是的。
為什麼不找多一個人陪你？
不需要。
還記得上次的事嗎？
這一次完全不同。

我認為你還是講給我聽的好？

我不敢講給你聽，因為，你的勸告可能改變我的計劃。

我決不干涉。

好，那末讓我告訴你吧，我要結婚了。

但是——誰？你同誰結婚？怎麼我事先一點都不知。

他叫佐治薛，大家叫他老薛。

你什麼時候認識他的？

兩星期前。

祇有半個月。

是的，祇有半個月。可是我愛他。

你這樣的做法，一點都不像你。

我已經決定了，誰也不能阻止我。

當然。

我們下星期舉行婚禮，婚後，佐治準備帶我到日本去度蜜月，我們願意在東京過春天。

你竟會結婚。

我是一個女人。

你在什麼地方遇見他的？

皇后道一家理髮室。

他是一個理髮師？

他是理髮室老闆的朋友。

你們怎麼會認識的？

他從鏡子裏面看到我，就開始向理髮室老闆打聽我的身世。

這樣說來，理髮室老闆是你們的介紹人？

不，他不是介紹人。事情是這樣的，當佐治理完髮，走出店堂後，老闆走過來問我：願意不願意同他見面？老闆當即交給我一張佐治的卡片和他的電話號碼，還將他的為人，他的職業，以及他的身世告訴我。

你怎樣表示？

我沒有表示。

後來呢？

後來，從理髮室出來，回到家裏，我快樂極了。

因此，你就打一個電話給他？

經過一番審慎的考慮後，我打電話給他。

他在電話裏說些什麼？

邀我到「麗宮」去進晚餐。

你答應了。

是的，我答應了。

吃過晚飯呢？

我們跳了幾隻舞。

離開「麗宮」後？

到淺水灣去兜風。

兜過風？

他送我回家。

這——這簡直難以令人置信。

我知道。

這件事完全不像是你做的。

但是我很少會有這樣的機遇，他實在是一個非常有趣的男子。當他送我回家的時候，在車子裏，他還輕輕地對我說：他愛我，並且用手臂挽了我的頸脖，吻了我的臉頰。

這簡直是開玩笑！

我對這件事十分認真。那天晚上，我整整一夜不睡，太興奮。

荒唐！荒唐！你會讓一個陌生男子吻你——

我早就料到你會反對的。不過，我已決定了。

但是……他今年幾歲了？

問題就在這裏，他比我小兩歲，今年五十三。

做夢也想不到，你會做出這樣的事，我的媽媽！

（原載一九五八年一月十日香港《文藝新潮》第二卷第二期）

夏

二十五日下午三點，氣溫高達攝氏三十五度七，為香港有史以來七月份最高的溫度。這一天，住舊木樓的人，彷彿坐在蒸籠裏，氣也透不轉。

這層木樓是由二姑包租的，住着十幾伙人家，不但冷巷住滿人，而且還搭閣仔，使一層樓變成兩層樓。全層樓的面積，只有四百餘呎，卻住着三十幾個人。

過去，人們總將這一類的木樓喻作鴿籠，現在，由於熱浪襲港，這一類的木樓變成大蒸籠了。

天氣酷熱，一絲風也沒有。住在「蒸籠」裏的人，肝火特別旺。

傍晚時分，因為尾房的阿鳳在沖涼房的時間太久，引起中間房的祥伯不滿。祥伯在門外大聲嚷：

「喂！這不是你的私家浴室，請你洗得快一點！」

阿鳳不理他，只裝沒有聽見。祥伯是個賣糖水的，剛從外邊回來，滿身大汗，必須沖涼。但是阿鳳在沖涼房裏，久不走出來。祥伯忍無可忍，用唱戲似的嗓子嚷：

「喂！你究竟在裏邊做什麼？繡花？」

阿鳳依舊不理他。她的母親李嫂聽到祥伯的喊聲，疾步走出來，兩眼一瞪，尖聲說：

「你吵什麼？人家總不能沖到一半就走出來！」

「李嫂，你是一個明白人。這層樓住着三十幾個人，天氣這樣熱，要是個個像阿鳳那樣，沖一個涼，要花一個多鐘頭，那麼沖到明天也輪不到住牀位的人！」

李嫂正要開口，住閣仔的大頭仔提着一隻鋅鐵桶與毛巾走來了。祥伯對大頭仔說：

「喂！我等先，你跟在我後面！」

大頭仔涎着臉說：「大家都是男人，怕什麼？我們兩個人一起沖。」

祥伯無意與大頭仔多講，舉起手，正欲拍門，想不到門就「呀」的一聲啟開了。阿鳳從沖涼房走出時，狠狠瞪了祥伯一眼。祥伯急於沖涼，不理會這些。

兩人走入沖涼房，將門關上。剛放水，又有人敲門。門外的人嚷：

「我是單眼陳，請你們開門。我趕着要出街！」

「不行！」祥伯大聲說，「裏邊已經有兩個人了，怎麼可以三個人一同沖？」

「祥伯，我趕着要出街，天氣這樣熱，不沖涼，怎麼能夠出街？你們要是不讓我一起沖，明天我就霸住沖涼房，不讓你們沖！」

沒有辦法，祥伯只好將沖涼房啟開。單眼陳走進沖涼房後，將門關上。三個人脫得赤條條的，在一間狹小的沖涼房裏沖涼，阻手阻腳，想快，也快不出。就在這時候，又有人敲門。

門外傳來包租婆二姑的聲音：

「你們三個人在裏邊做什麼？玩水？我要沖涼了，請你快點走出來！」

（發表於一九六八年七月二十七日《新晚報》）

薄雲忽捲忽展，月亮像章回小說裏的千金小姐，閃躲在屏風背後，偷看廳上的來客，一會兒露面；一會兒不見。冷街，行人稀少，瀝青道上的落葉，在秋風裏打旋，宛如一群芭蕾舞女。我面前出現一座舊式的大宅，高高的牆內永遠沒有笑聲。我老早就聽說這裏的主人身體太壞，長年躺在牀上，因為耐不住寂寥的煎熬，買了個年紀很輕很輕的女人。

夜已深。大宅第的後門，在風中自開自閉，諒必是故意的疏忽。於是我發現了一對大眼睛，閃呀閃的，像黑暗處的螢火蟲。

我緊握她的手，她混身哆嗦，好像風中的樹葉。

庭園裏有株大槐樹，坐在樹下長椅上，並肩相偎，不能忘記舊日的稚氣，風掠過，最易想起耳邊的諾言。那是我們都不很懂事的時候，兩個小孩子，經常潛入這破損的後門，也許是怕給別人發現，總是爬到這株大槐樹的頂上，還眺太陽的手指撥弄海水。

回憶有如漏光的相片，給人以含糊的輪廓：不知道從什麼時候起，彼此都失去了爬樹的興致。於是漸漸疏遠，於是有了陌生感，於是這爬樹的伴侶出嫁了，嫁給一個半身不遂的老頭子，因為她的父親在賭台上輸了一付牌九。

誰說往事似煙，廢園的野草卻長青不枯。我順手採一朵小花給她，她用嘆息慰我癡心。

「這些年來，」我說，「想起你就悲傷。」

「這些年來，」她答，「常在悲傷時想起你。」

淡淡的脂粉掩飾不了病態，枯槁的容顏卻有點像夾在大辭典中間的牡丹花，壓扁了，失去鮮艷；失去醇香，仍舊保有另一種美麗。

這美麗使我杌隉不安，我的慾望永無休止。愛與恨是兩種太濃的感情，在無可奈何時，它們教人祇想捉住自己揍打。

「你恨我？」她問。

「我恨自己。」我答。

「為了我將你遺忘了？」

「為了忘不了你。」

垂下頭，翹起小嘴，捉揉衣角，浸沉在煩惱中，痛苦着自己，把痛苦當作一種享受。我則盡量保持情感的平衡，強自追尋彈性的寬恕，哀愁最濃，惆悵最深，心境之荒涼如同厭世老婦。我問：

「為什麼不說話？」

她不說話。

「生氣了？」

她不說話。

「到海邊去走走？」

她不說話。

「時間已不早，我應該回去了？」

她不說話。我茫然站起，邁開兩步，回過頭來看她時，她合上眼皮，滾下兩滴眼淚。

我有意讓她在寧靜中想想。如要洗刷難言的辛酸，寧靜倒是一劑特效藥。

（為什麼不跟我私奔？我想。）

（因為我不能。她的思想回答了我的思想。）

人與人之間唯一真實的東西便是精神上的「感通」，所以思想的對話，無疑是傳達的最佳方法。驟然浮起一句古詩：「此時無聲勝有聲」。這是生命的秘密。

秋夜很靜，夜潮拍岸，似泣似訴。

走出後門，面對大海，景色像一幅畫。如果文字無法貫通一闋交響樂的美麗；它也無法表露一幅傑作的素質。造物主的傑作，祇有本身。一切美麗的存在就是美麗的本身，不能加，不能減，絲毫借假不得。幸虧時光不會倒流，否則萬物一定會朝舊歲月裏疾步奔跑。

我回過頭來，想看看「過去」的履痕，卻發現她憑倚在門邊，正在諦聽我那漸去漸遠的腳步聲。

發霉的情感忽然跳下海去，隔了大半天，才浮起一個淡淡的漩渦，漩渦裏有個深秋的月亮。

（原載一九五八年一月十日香港《文藝新潮》第二卷第二期）

寒風吹在臉上像刀割

一九四一年十二月八日，太平洋戰爭爆發，日寇的坦克在南京路上疾馳，「孤島」陸沉。陸沉後的「孤島」，傳說很多，其中之一：敵人將抽壯丁。

年老多病的父親對我說：

「到重慶去吧。」

我望望站在牀邊的母親。

母親皺緊眉頭，默不作聲。

我對躺在牀上的父親呆望片刻，說了兩個字：「好的。」

父親說：「你單獨一個人到遙遠的重慶去，有許多困難需要克服。我會寫四封信給你帶去：一封給寧波的老曾、一封給寧海的劉祖漢先生、一封給龍泉的徐聖禪先生、一封給贛縣的楊先生。他們都是我的好朋友，你有困難，他們一定會幫你解決。」

經過一番靜默後，久病瘦弱的父親用微抖的聲調加上這麼兩句：

「你哥哥在重慶，到達重慶後生活不會有問題。」

我點點頭。

事情就這樣決定。

上海的情況一天比一天差，人心惶惶，像我這樣的年輕人，越快離開越好。父親如惔如焚，托朋友到船公司去買一張到寧波去的船票。拿到船票後，父親對我說：

「到了寧波，拿我的信去找老曾。我任浙江海關監督時，老曾在署內擔任秘書的工作。寧波淪陷後，他沒有離開。你去找他，他一定會給你安排住宿與交通工具，幫助你通過封鎖線，到達自由區寧海。」

這天晚上，母親替我收拾行李。我有很多東西需要帶，卻又不能攜帶太多的東西。我力氣小，祇能帶一隻不大不小、可以用手提得起的皮箱。母親將應該攜帶的衣服整聚在皮箱時，內心充滿矛盾：起先，恨不得將所有的東西都塞在皮箱裏；發現箱蓋無法合攏時，不得不將部分衣物取出。過多的東西拿出後，又怕我需要用時拿不到要用的東西，於是又塞了不少。塞得過多，皮箱的重量增加，又怕我拎不動。

第二天，吃過早點，我走去向臥病在牀的父親辭別。父親表情很嚴肅，睜大眼睛望着我，沉吟片晌，抖聲說：「今後你要自己照顧自己了。」語音未完，咳得上氣不接下氣。我立即坐在牀沿，用手按摩他的胸口。他吐出一口濃痰後，用抖巍巍的手一揮，嘆息似的說了一句：「走吧。」我站起，一邊控制自己不讓淚水流出；一邊說：「爹，你要保重。」他點點頭，用手掌掩蓋眼睛。我在母親的幫助下，提着皮箱下樓，走出家門。

天色陰暗，寒風吹在臉上像刀割。黃包車很少，等了十幾分鐘才雇到。跟車夫講定車價後，我上車，母親將皮箱放在車上，我用兩腿夾住。黃包車夫抬起車槓，邁開腳步。母親先將一捲鈔票塞入我的衣袋；然後緊握我手，跟着黃包車在人行道上奔跑。

「阿媽，」我說，「回去吧！」

車夫逐漸加快腳步，母親不得不鬆手。車夫將車子沿着膠州路朝愛文義路拉去。拉了一段路，我回過頭去觀看，母親依舊站在人行道上，向我揮手。

車夫繼續跑了幾十步，我回頭觀看，母親依舊站在人行道上，向我揮手。

車夫繼續跑了幾十步，我回頭觀看，母親依舊站在人行道上，向我揮手。

車夫繼續跑了幾十步，我回頭觀看，母親依舊站在人行道上，向我揮手。

車夫繼續跑了幾十步，我回頭觀看。母親依舊站在人行道上，向我揮手。

車夫將車子拉到愛文義路口，轉彎。我趁此側過臉去眺望，母親依舊站在人行道上，向我揮手。

離情別緒湧上心頭，淚水奪眶而出。我低聲自言自語：「再見，阿媽！」

車子轉入愛文義路，我見不到母親了。北風獵獵，刺人膚肌，我卻一點也不覺得冷。父母的慈愛像火爐發出的溫暖，使我有能力抵禦寒冷的侵襲。

（原載《父親・母親》獲益出版事業有限公司，一九九六年。）

一個香港人

（上午七點半）在維多利亞公園打太極。

（上午九點）向茶樓門口報紙檔拿了三份日報，走上閣仔，坐在卡位裏，要一壺普洱，拿一籠叉燒包，開始刨馬經與狗經。

（上午十點一刻）在麻雀館打一二毫，手氣不壞，贏了二十元。

（上午十一點半）贏了錢，興致好，走去街市附近一家公寓，付五塊錢，看小電影。

（中午十二點半）在大牌檔吃一碗燒鵝飯。

（下午一點）午睡。

（下午兩點）到大會堂去看展覽會。

（下午三點半）在牛奶公司或告羅士打或蘭香閣飲下午茶。

（下午四點一刻）在中區看櫥窗，從德輔道走去皇后道；然後又從皇后道走回德輔道。

（下午五點半）到銅鑼灣一家戲院看公餘場。那是一部西部片，警長追捕歹徒，最後來一場激烈的槍戰，雖是老套，倒也相當過癮。

（下午七點三刻）吃雲吞麵一碗，外加柱侯牛腩一碟。

（下午八點一刻）坐在「修頓球場」看小型足球，與不相識的球迷，討論波經。

（下午八點三刻）在涼茶店喝涼茶，繼續刨狗經與馬經，寫了一條狗纜與一條馬纜，準備明天「雙管齊下」。

（九點二十分）走去維多利亞公園看免費電視，與另一個「影迷」談論粵語片的前途。

（十點正）電視的節目雖然好看，因為沒有座位，站了四十分鐘，腿彎酸溜溜的。不能不離去。

（十點零五分）遊電車河。從銅鑼灣到上環街市；又從上環街市轉回銅鑼灣。

（十一點十分）在雲吞麵店吃桑寄生蓮子蛋茶一碗。

（十一點半）到灣仔一家小舞廳尋歡作樂。

（一點半）走出舞廳，用手背掩蓋在嘴前，一連打了幾個呵欠。

（兩點正）回到家裏，沖涼，上牀，開始安排明天的節目。他準備明天到海運大廈去嘆冷氣；同時到「黑房」去練習「沖曬」。

（按：他是一個專靠收租度日的人。）

（發表於一九六七年五月一日《新晚報》）

兩夫婦

（中午十二時）梳妝枱上的小鬧鐘，突然像一隻被踏痛尾巴的小貓一般，嘩啦嘩啦狂叫起來。

林先生醒了。

林太太也醒了。

林太太告訴林先生她剛才夢見他；林先生告訴林太太剛才他也夢見她。兩人相互擁抱。

（十二點十分）林先生從阿珍手裏接過當天的《南洋商報》。

又是「錫價回跌，膠市滯呆」

林先生開始討厭太濃的咖啡了，原因是：咖啡不能太濃，特別是當「錫價回跌，膠市滯呆」的時候。

林先生說：「早餐時必須先聽一張唱片，最好是周璇唱的『天涯歌女』或張伊雯唱的『遙遠寄相思』，否則一定會生胃病。」

（十二點半）林先生坐着馬來司機駕的「別卡」到羅敏申律寫字間去辦公。

（一點到一點半）「新大陸」麗絲周打電話來邀林先生到「首都戲院」去看立體電影「火星

怪人」：莉娜打電話來邀他到GH去喝茶；密司葉鳳打電話來邀他到「華游會」去打麻將；Z舞廳的「十三號」打電話邀他到「植物園」去拍拖；然後林太太打電話來要他到巴絲班讓去看張家養的大狗熊。

（兩點十分）林太太命令林先生把花生餵給狗熊吃，狗熊無禮，拒吃。林太太說他不中用，膽量小得像老鼠。林先生不甘示弱，為表示還「中用」起見，閉着眼睛伸手去餵，結果被狗熊咬痛手指。

（三點半）送太太回家，太太問：「你到什麼地方去？」林先生答：「公司裏還有一點小事。」林太太問：「下班後？」林先生答：「幾個朋友剛才打電話來邀我到俱樂部去打牌。」林太太問：「男朋友還是女朋友？」先生理直氣壯答：「當然是男朋友。」

（四點正）林先生在首都戲院門口等候他的「新大陸」。

（四點零五分至六點）花了錢，買了票，坐在漆黑的戲院裏，戴上極光眼鏡，林先生始終沒有心緒去欣賞立體電影。林先生最討厭立體電影，原因有二：第一，他是一個單眼龍，即使戴上極光眼鏡，那銀幕上的電影依然是平面的：第二，由於大家戴上極光眼鏡，林先生就無法「欣賞」麗絲周那一對水汪汪的眼睛了。林先生素來反對「為看電影而看電影」的主張，他認為看電影的好處，並不在於電影本身之好壞，而是可以在白晝找到一個黑暗的地方。所以當銀幕上的火球直向觀眾眼睛衝過來時，大家狂叫起來，林先生不叫；當銀幕上演到滑稽處，大家狂笑起來，林先生不笑。林先生似乎不懂藝術。

（六點十分）林先生在俱樂部打牌，他的「新大陸」親暱地坐在他左邊。他很得意，大有英雄美人之概。但是——（他媽的！陳經理壓了我一張三索，不是人。）

（六點三刻）雀戰正酣，林太太忽來電話，囑赴珍珠巴剎購買白切雞半隻。

（七點正）四圈完畢，林先生贏了二十千，推說太太要喫雞，帶了「新大陸」揚長而去。

（七點廿分）送「新大陸」回家化妝。

（七點半）抵達珍珠巴剎，購雞半隻。想起那張三索，心裏不免有一種異樣的納悶；但是一想到太太的臉相，心就軟了，覺得有再加五元「開雞」的必要。

（八點正）回家後，太太竟出去了。據阿珍說：是到小姊妹家裏去打牌的。此說勉強之至：（既要出去，何必找我回來，既要我回來，又何必出去？）於是把阿珍喚來問個究竟，阿珍以香噴噴的手絹掩在鼻上，格格作笑。

（八點一刻）晚餐時，特別煩惱，什麼菜都沒有味道。飯後，因為怕生胃病，勉強去聽無線電，其時電台播送「遙遠寄相思」，愈聽愈傷心。喚阿珍取《南方晚報》來，又是「膠價閉市行情跌一打里」，無聊。最後再把阿珍喚來，送她二十塊錢，要她說出實情。阿珍依舊把香噴噴的手絹掩在鼻子上，依舊格格作笑，依舊守口如瓶，可惡！（但是阿珍的笑容倒蠻動人。）

（九點正）驚人的發現：太太梳妝枱的粉盒裏藏着一張粉紅色的便條，上書：『今晚七時在老地方等你。』署名『小楊。』小楊是個王八蛋，鬼鬼祟祟，專門偷別人的老婆，不要臉！（可是老地方是什麼地方？）

（十點四十三分）太太尚未歸來，苦悶已達極點。想想東，東不是；想想西，西也不對。阿珍送茶來，身段倒也苗條，這是林先生以前沒有發現過的。

（將近午夜）太太仍未歸來。

（午夜過後）睡不熟，太太究竟在外邊做些什麼？林先生心煩意亂，縱身下牀，穿上拖鞋，站在窗邊，抽一枝駱駝煙。抽完，情緒依舊不佳。

林先生踮着腳走到工人房門口，心一横，輕輕叩了兩下房門。

「誰？」阿珍在門內問。

「是我。」林先生在門外答。

「林先生？」

「是的。」

「什麼事？」

「你先把門開了。」

門開後，阿珍很美。林先生掏出一疊鈔票塞在阿珍手裏，阿珍格格作笑。

（第二天中午）太太回來了，據說昨夜小姊妹一定要留住她，不能不敷衍一下，所以打了一場通宵牌。林先生聽了大不以為然，心裏很不舒適，但不敢在太太面前發脾氣。

（第三天中午）林先生陪太太到水仙門去剪衣料，花了一百多塊。剪完衣料，林太太要到「北極」吃雪糕，林先生當然不敢違命。車過諧街時，看見路邊有一對年輕男女，手挽手，拍拖而過：男的是「他媽的」小楊；女的是身段頗苗條的阿珍。

林先生心裏一陣子發酸，臉上卻笑得非常可愛，他對林太太說：「昨晚我又夢見你。」

林太太心裏也一陣發酸，她對林先生說：「昨晚我也夢見你！」說罷，臉上笑得非常可愛。

（一九五三年九月二十七日寫於新加坡）

三比二

捷克斯巴達足球隊，從遙遠的歐洲走來香港賀歲，對香港球迷來說，當然是一件值得興奮的事。鄧強是一個標準球迷，為了欣賞這一場好波，未過年，就請老宋替他預購十元的門票。老宋雖非體育記者，卻喜歡別人將他看作球評家。鄧強托他代購球票時，問：

「你看第一場聯選隊迎戰斯巴達隊，我們有勝望嗎？」

不假思索，老宋用肯定的口氣說：「香港聯選隊必勝！」

聽了這樣武斷的話，鄧強不能沒有驚詫：「據報紙上的記載，斯巴達隊來頭相當大，擁有五對世界盃賽的國腳，此番遠征，曾在澳紐星等地獲得全勝，你怎麼能夠認定港隊必勝。」

老宋扁扁嘴，用更肯定的口氣說：「不但港隊必勝，而且比數是三比二！」

鄧強搖搖頭，不肯接受這樣的預測。

舊曆年初一，「賀歲波」在政府大球場上演，比賽過程非常緊湊，上半場斯巴達以二比〇佔先；下半場，港聯選隊雖由張子岱扳回一球，結果仍以二比一敗北。這個比數與老宋的預測，相去甚遠。老宋的預測是：港隊必勝，比數三比二；然而比賽結果是：斯巴達隊勝。比數二比一。

老宋雖以球評家自居，這樣的預測與這樣的結果，相差未免太遠。

但是老宋仍不認輸。

年初二，鄧強走去向他拜年，談到第一場賀歲波，鄧強用略帶譏諷的口氣說：

「老宋，這一次你跌落眼鏡了！」

老宋聽了鄧強的話，正正臉色：「我的預測沒有錯！」

「沒有錯？」鄧強說，「你的預測是港隊勝三比二，結果卻是捷隊勝二比一！」

老宋點上一枝煙，慢條斯理作了這樣的解釋：「我說港隊勝三比二，結果捷隊果然踢入兩球，與我的預測完全一樣；至於港隊方面，上半場港隊有一可入之球，前鋒錯失機會，下半場十分鐘時，張子岱直線傳球，區彭年已切入中路，卻未能起腳射門，又錯失一個機會。如果這兩個機會不錯失，港隊豈不是以三比二壓倒捷隊了？所以我的賽前預測並沒有錯！」

（發表於一九六七年二月十二日《新晚報》）

四枚未釘齒孔的香港郵票

老李喜歡集郵也喜歡蒐集錯體郵票。

兩年前，集郵界盛傳香港一毫普通票發現漏齒孔的大變體。有人說：這種未釘齒孔的大變體只有一全張；有人說：這種未釘齒孔的大變體可能有兩全張。不過，一全張也好，兩全張也好，這種錯體總是十分珍貴的。一九五四年發行的五分未釘齒孔錯體郵票，每對時價在港幣三千元左右。正因為這樣，老李聽到這個消息後，千方百計想得到一組四方連。

他不知道那全張的錯體郵票在誰的手裏，向港九各郵商詢問，都說不知道。

老李有許多郵友。為了搜求這種錯體郵票，每一次見到郵友，第一句總是：

「知道不知道誰有那張未釘齒孔的一毫錯體票？」

大家都說不知道。

有一天，老李遇到一個姓徐的郵友，問起這件事，老徐說：「讓我老實告訴你吧，這張未釘齒孔的錯體郵票握在我的手裏。」

「可以不可以讓一組四方連給我？」老李用近似哀求的口氣問。

「我曾經賣一組四方連給外國郵商。」老徐說。

「多少錢？」

「四百元。」

「好的，」老李說，「我付你四百元，請你讓一組四方連給我。」

老徐答應了。老李當即付出四百元，換來四枚未釘齒孔的錯體郵票。回到家裏，李太問他：

「拿到薪水沒有？」

「拿到了。」

「拿來，我要繳房租給包租婆。」

老李當即將購買郵票的經過情形講給她聽。李太聽說丈夫將一個月的薪水換了四枚一毫的郵票回來，拍手跺腳哭了起來，怒罵老李是個瘋子。

這是兩年前的事。

現在，這種未釘齒孔的郵票已變成可遇不可求的珍品。

過舊曆新年時，一切都失去預算，到了「初十」，連買餸的錢也沒有了。李太要老李到公司去借支薪水，老李說：

「剛過年，怎麼好意思開口？」

「既然這樣，不如將那四枚未釘齒孔的郵票賣掉吧。」

老李不肯賣。李太放聲大哭。沒有辦法，老李只好偕同妻子走去郵商處，將未釘孔的錯體賣掉。郵商給他五百元。

走出郵票社，李太興高采烈：「想不到這郵票竟賺了一百元！」

老李說：「如果不是因為等錢用，我怎樣也不會賣掉的。你知道嗎？這組四方連的時價是二千五！」

（發表於一九六九年三月一日《新晚報》）

五封信

第一封信

我在這裏學了三年護士，終於畢業了。昨天，我已在船公司訂購回港的船票，下星期三上船。再過一個多月，我們就可以見面了。我們分別已有三年，這三年中，我無時無刻不在想念着你。當我想到重聚時的情景，我說不出多麼的快樂。

第二封信

這封信，是在船上寫的。輪船明天可以抵達馬賽，到時，我就可以將這封信寄出。船上的生活很單調，除了吃與睡，好像再也沒有別的事情可做。我是帶了幾本小說上船的；但是我沒有心情讀小說。我的腦子裏，除了你，裝不下別的了。柏昌，你也是這樣想念我嗎？

第三封信

船上的生活太單調，我抵受不住寂寞的煎熬。每天早晨，當我醒轉時，就會想到你。當我吃早餐的時候，想到你。當我吃過早餐後，想到你。當我吃中飯時，想到你。當我吃過中飯後，想到你。當我吃晚飯的時候，想到你；當我吃過晚飯後，想到你。……昨天晚上，我還做了一個夢，夢見你也在這艘船上。我們憑倚欄桿同觀月色，談了許多關於婚姻的計劃。我的心情是愉快的。但是醒轉時，知道這是一場夢之後，心裏說不出多麼的懊惱。柏昌，我就是這樣的想念你！

第四封信

明天，輪船抵達亞丁，我必須趕着寫好這封信，交給船員去寄。柏昌，我忽然轉到一個可怕的念頭，使我非常擔憂。我們已經三年不見，不知道你對我的感情有沒有變？我知道你是愛我的；但是三年的歲月相當悠長，像你這樣既英俊又漂亮的男人，一定會有不少女朋友。我很擔憂，怕我回到香港時，你已變心。柏昌，你要是變心的話，我就沒有勇氣繼續活下去了。我已經將所有的希望寄存在你的身上。你不能做出任何對不起我的事！

第五封信

輪船明天抵達新加坡，我不能不寫這封信給你了。船上的日子十分單調。我耐不住寂寞的煎熬。在輪船離開亞丁的時候，我結識一個姓金的男人。他待我很好。昨天晚上，他向我求婚，我答應了！

（發表於一九六七年十二月十五日《新晚報》）

六隻狗的名字

走出巴士，隨着人潮向「天星碼頭」走去。

有人踩了他一腳。勞勃李怒往上沖，正要跟那人吵嘴，想不到竟是公司的女同事鄧玲玲。鄧玲玲穿着一襲彩色迷你裙，打扮得十分花枝招展，看起來，像極時裝模特兒。

「對不起，」她用嬌滴滴的聲音說。

勞勃李立刻接受她的道歉，滿面堆笑。

走上渡輪，並排坐在一起。勞勃李取出煙盒，遞一枝給玲玲，「答」的一聲，扭亮打火機，先替玲玲點火；然後點上自己的。接着話盒打開，談天氣，談電影，談商行經理的脾氣。

鄧玲玲進入商行做工，還是幾天前的事。他們雖是同事，從未交談。

渡輪抵達港島，搭客們紛紛站起。鄧玲玲打開手袋，取出太陽眼鏡，戴上。

這是星期六的上午，寫字樓的氣氛猶如人造咖啡，完全不是這個滋味。表面上，大家都在忙碌工作；實際上，魔鬼已在內心的交戰過程大獲全勝。大家都在研究馬經與狗經。

勞勃李喜歡賭馬；也喜歡賭狗。他計劃下午到「快活谷」去賭馬，贏了錢，第二天搭乘水翼船到澳門去賭狗。作為一個白領，勞勃李必須為自己安排豐富的娛樂節目。

望望正在打字的鄧玲玲，心似覓食的痲雀，卜通卜通一陣子亂跳，暗忖：「如果能夠與鄧玲玲在一起的話，就可以有個愉快的週末了。」

他寫了一張字條，請雜工交給鄧玲玲。在字條上，他這樣寫：

「中午請你到『皇都』去飲茶？」

鄧玲玲看了字條，笑得很媚。

中午。他們在「皇都」飲茶。鄧玲玲很美，美得像畫報的封面女郎。

飲過茶，僱一輛計程車，前往「快活谷」。勞勃李手裏有一份報紙。第一場，根據馬經版貼士，下注冷選「獵神」，贏了錢。然後根據老八提供的心水馬，買中冷門「好時光」。當他們走出馬場時，勞勃李贏兩千多元。

贏了錢，心情愉快。兩人走去渡海小輪碼頭，過海，到「新聲」去看「玉樓春曉」。這部電影的故事是陳舊的；演出卻相當不錯。鄧玲玲喜歡這部電影。

散場，到「帝國夜總會」去吃晚飯。他們已廝混得相當熟習。勞勃李有了喝酒的興致；鄧玲玲卻怎樣也不肯喝。這樣一來，企圖以酒作為武器的勞勃李，依舊無法征服千嬌百媚的鄧玲玲。他必須改採別的方法。

從夜總會出來，已是深夜十二點。勞勃李送鄧玲玲回家。鄧玲玲住在尖沙咀區。

分手時勞勃李對鄧玲玲說：「明天到澳門去賭狗，我有可靠的貼士。」鄧玲玲點點頭。

第二天下午，他們在港澳碼頭搭乘水翼船前往澳門。坐在水翼船上，鄧玲玲問

「有些什麼可靠的貼士？我也想賭幾場。」

勞勃李掏出記事簿，有如念經似的將幾隻狗名念出來：

「第一場笑口常開，第二場勢如破竹，第四場雌虎，第六場鐵漢，第七場最迷人，第十場冇得頂。」

鄧玲玲聽了，格格笑了起來。勞勃李問她為何發笑。她說：「將這六隻狗的名字重新排一下，就變成這樣兩句：（一）雌虎笑口常開最迷人；（二）鐵漢勢如破竹冇得頂！」

（發表於一九六九年五月一日《恆報》）

七叔的煩惱

香港街頭經常出現炸彈的時候，七叔將一些不動產削價出售，湊成三十萬元，帶着一家大小移居獅城。按照他的想法，有三十萬資產在手，生活應該不成問題。

到了新加坡，見到安定的情形，釋然嘆口氣。

「這樣就好了！」他對家人說。

既然有意定居星洲，第一件事就要買一層樓。那時候，新加坡近郊頗多新樓，價錢雖不能算貴；但是折合港幣就不能算便宜了。七叔手上的三十萬港紙，帶去新加坡，變成十六萬叻幣。如果以十萬叻幣購買樓宇的話，賸下六萬塊錢，作為做生意的資本，未必足夠。

他不想買樓。

七嬸一定要他買。七嬸的理由：「在新加坡過日子，衣食行都容易應付，就是住的問題最傷腦筋，如果我們買了層樓之後，祇要省吃儉用，生活不會發生太大的困難。」

由於七嬸的堅持，他們花七萬元在加東區買了一層新樓。

住的問題解決後，七叔必須動腦筋做生意。但是，人地兩疏，做什麼生意都沒有把握。在這種情形下，祇好坐吃。三個月過後，七嬸擔憂起來了。

「坐吃山空，這樣下去總不是辦法？」七嬸問。

七叔走去惹蘭必剎，頂一個鋪位，開服裝店。殊不知店鋪開出後，生意清淡，不但生活費用賺不到；而且還要蝕本。

「怎麼辦？這樣下去怎麼辦？」七嬸說。

七叔皺緊眉頭，不說話。

有一天，在萊佛士坊，七叔遇見老同學黎君。談起近況，黎君說：

「想賺錢，到吉隆坡去！」

黎君講出一大堆道理，說在吉隆坡開店做生意十分容易賺錢。七叔聽得心動，決定將服裝店頂給別人。

服裝店頂出時，少不免又蝕了一些錢。單靠賸下一點錢，無法走去吉隆坡開餐室。沒有辦法，祇好將加東那層樓也賣掉。

七叔全家搬去吉隆坡。

黎君介紹七叔在「半山芭」頂一個鋪位，開餐室。對於七叔，這是孤注一擲。

起先，餐室的生意還不錯；後來，情形就不大好了。

這時候，香港已恢復安定，七嬸不免有點後悔。

在吉隆坡住了一年多，種族暴動爆發。七叔夫婦嚇得廢寢忘食，等宵禁解除後，馬上帶着三個孩子搭車前往新加坡。

身上攜帶的現款不多；祇好向別人租一間房住下再說。

「怎麼辦？」七嬸流淚了，「這樣下去，怎麼辦？」

「我打算在這裏找一份工作做。有了工作之後，等吉隆坡的情形好轉，走去將餐室頂給別人。」七叔說。

在新加坡住了半個月左右，依舊找不到工作。為了生活，七叔祇好走去吉隆坡將餐室頂給別人。因為急於取得現款，在價錢方面，吃了大虧。

他們決定在新加坡長住。

可是，工作沒有找到，星加坡發生暴亂，情況緊張，甚至連股票市場也一度停止交易。

七叔終於帶着一家大小返回香港。當他們回到香港時，七叔身上祇賸幾千塊錢！

（發表於一九六九年六月八日《快報》）

八號與大頭仔

八號

八號是大頭仔的父親，一個理髮師，專替女人梳頭。起先，他在一家理髮店打工；後來，積了錢，自己做老闆，開一家美容院。這家美容院的生意越做越旺，正因為香港有些自以為很摩登的太太小姐們都喜歡找八號梳頭，說他梳出來的髮型，最合潮流。凡是到那家美容院去洗頭的女人，十個倒有九個要八號替她梳。八號變成忙人了，忙得連吃飯的時間也沒有。他的健康情形原是不錯的，開了店之後，只想賺錢，完全不顧自己的健康，明知健康情形一天比一天差；也不肯走去看醫生。每天早晨，起身後，吃一碗粥，或者兩片麵包，他就開始工作。所謂「工作」，其實就是梳頭。從早到晚，梳頭，梳頭，不停替別人梳頭。在他的腦子裏，除了替女人梳頭，再也裝不下別的東西。白天，他不停梳頭，晚上，當他睡着時，也會在睡夢中替別人梳頭。他，似乎是為了替女人梳頭而存在的。從某種角度來看，他等於一架梳頭機器。他賺了不少錢，將賺來的錢存入銀行，給妻子與兒子享受，自己連看一次電影的時間也沒有。他只是從早到晚替別人梳頭……直到有一天，在替別人梳頭時，忽然暈厥在地。

大頭仔

大頭仔是八號的兒子，一個不肯上進的青年。八號送他到學校去讀書，他卻常常曠課，帶女朋友到各處去尋歡作樂。八號叫他學梳頭，他不學。八號是一個忙人，無時無刻不在替別人梳頭，根本沒有時間管教大頭仔。大頭仔就這樣變成一個貪吃懶做的人了。每天早晨，起身後，第一件事便是打電話給女朋友。然後帶女朋友去飲茶；帶女朋友去看電影，帶女朋友去跳舞，帶女朋友到夜總會去吃飯，帶女朋友到姻緣道去拍拖，帶女朋友到郊外去遊車河。對於他，生存的目的就是玩女人，成天在脂粉隊中廝混，健康情形一天比一天壞。母親見他臉色很難看，勸他去看醫生，他不去。他說他的健康比誰都好。他依舊從早到晚找那些女人廝混。有一天，他一手駕着一輛ＭＧ，一手摟着同坐的女人，結果車子撞在山壁上，受了傷。被抬入醫院時，才知道父親也在醫院裏。

（發表於一九六八年一月九日《新晚報》）

九人座車

星期日中午，出街的人特別多。有些擠不上巴士或電車的人就改乘九人座車。

老張帶着孩子要去中環飲茶，為了趕時間，只好搭乘九人座車。上車後，司機對他說：

「銅鑼灣五毫，中環一元！」

「從北角到中環一向是五毫，」老張說。

司機只顧揸車，沒有理他。稍過片刻，有個胖子上車。胖子一屁股往長凳坐下時，司機對他說：

「銅鑼灣五毫，中環一元！」

胖子聽了這話，立刻雞啼似的嚷起來：「從北角到中環一向是五毫！」

這一次，司機開口了：「今天是假期！」

胖子站起身，嚷：「讓我下車！」但是，司機似乎沒有聽見，繼續將車子朝前駛去。車子顛簸不已，胖子不能保持身子的平衡，又一屁股坐在長凳上。

「我要下車！」他嚷。

司機繼續將車子朝前駛去，或許沒聽見。車子駛抵英皇道口時，有一個提着大包小包的中年婦人上車了。這中年女子一上車，就尖着嗓音對司機說：

「我在花園道落車！」

「花園道一元！」司機說。

這時候，胖子又站起身，正欲下車，那司機將那條繫着車門的繩子用力一拉，轉過臉來對胖子說：

「五毫！」

胖子兩眼一瞪：「我為什麼要付錢給你？我是去中環的，你要一元，比平時的價錢貴了一倍，我要下車，沒有理由付錢給你！」

「怎麼？搭車不付錢！你想坐霸王車！」

其他的乘客們見司機與胖子吵了起來，七嘴八舌勸胖子付錢。胖子祇好付五毫給司機。

車子抵達花園道時，司機將車子停在中國銀行附近，讓中年婦人下車。中年婦人尖着嗓音說：

「我不是跟你講過的，我在花園道落車。現在，你要我在這裏落車，教我怎樣走上斜坡？」

「九人座車與巴士電車一樣，有一定的路線，不會駛上花園道！」司機說。

司機與那個中年婦人終於吵了起來，乘客們七嘴八舌勸婦人付錢，婦人想了想，只好掏一元給司機。

車子拐彎，在斑馬線前停住。一個乘客在下車前遞五毫給司機。司機大聲叫起來：

「一元！」

「我在灣仔上車。」那乘客說。

「你在北角上車！」司機說。

「我在灣仔上車。」那乘客說。

那乘客與司機吵了起來，乘客又七嘴八舌勸乘客付錢。乘客付一元給司機時仍然說：

「我在灣仔上車！」

（發表於一九六八年三月六日《新晚報》）

十年

一九五九年

司徒植與畢綉英要結婚了，走去北角一幢大廈裏租一間梗房。包租婆周太，過的是單身生活，丈夫在婆羅洲做工，每個月寄錢回來。

那是一間10×10的梗房，不能算大，也不能算小。司徒植在中環一家商行做事，收入不多，即使這樣一間梗房，也佔去了薪水的三分之一。

結婚後，一對新人搬入新居，心情都很愉快。司徒植是個白領，過的是朝九晚五的生活。畢綉英是個賢妻良母型的女人，將家務處理得井井有條。

包租婆周太很奄尖，常常為了一些芝麻綠豆點兒的事情與這一對新人吵起來。譬如說：綉英在廚房裏起油鑊，油沫星子濺開來，周太就會厲聲責罵，說她不小心。

綉英對周太非常不滿，一再要求司徒植搬到別處去居住，司徒植總說一動不如一靜，要她逆來順受。

有一天，落雨。司徒植公畢回家，經過客廳時，那周太好像被人刺了一針似的叫起來：

「你將我的地板弄髒了！」

司徒植受到這樣的責備，說不出多麼的不舒服。回入房內對綉英說：

「我們下個月就搬！」

從周太處搬出來，司徒植夫婦在銅鑼灣的新住宅區租到一間梗房。包租人姓孟，實際就是這層樓的業主。孟氏夫婦是一對亂花錢的人，穿得好，吃得好，處處要表現他們的財富。這樣一來，與省吃儉用的司徒夫婦形成強烈的對比。

不止一次，綉英對司徒植說：「還是搬到別處去居住吧。」司徒植總說一動不如一靜。不贊成搬。

有一次，孟太見司徒植下廚幫綉英端飯菜，遂用揶揄的口氣對他說：「天天吃鹹魚，營養不夠。」

司徒植聽了這種帶刺的話語，決定搬了。

一九六九年

司徒植中馬票，多了十幾萬財富。綉英對他說：

「十年來，為了住的問題，傷透腦筋，現在既已中了馬票，第一件事就該買一層樓。」

司徒植不反對。

打開報紙，查閱分類廣告。綉英忽然驚叫起來，用手指點點一則小廣告：

「這不是孟先生的那層樓！」

司徒植仔細閱讀廣告內文，不能沒有詫異。

「他們為什麼要將那層樓賣出來？難道嫌小？」他問。

「其實，」綉英說，「那層樓是不錯的，我們不妨走去看看。」

兩人僱一輛計程車，前往銅鑼灣看樓。當他們見到孟太時，孟太心一瘆，流了眼淚。綉英忙問究竟，孟太抽抽噎噎，說孟先生嗜賭成性，在秘密賭檔輸了十幾萬，吞下過量的安眠藥自盡。

「現在，」孟太邊哭邊說，「兩個孩子還小，都在求學年齡，我要是不將這層樓賣掉，日子就不能過了。」

司徒夫婦終於將這層樓買下。

買了樓宇，少不免鬆灰水。鬆好灰水，買些新家具，兩人搬入新居。

住了一個月，綉英說：「我們祇有兩個人，尾房空關着，沒有什麼用處，不如將它租給別人。」

司徒植同意這樣做，走去報館刊登分類廣告。廣告刊出後，有人走來睇房。綉英走去應門，將門拉開，不由猛發一怔，原來那個走來租房的人竟是奄尖的包租婆周太。周太說她的丈夫在婆羅洲愛上一個馬來女人，不再寄錢回來！

（一九六九年四月二十七日發表於《恆報》）

手指舞廳

1

走出大丸百貨公司，在怡和街口遇見司徒耀祖。我問他：「到什麼地方去？」

「閒着無聊，到舞廳去坐坐，」說着，將嘴巴湊在我的耳邊，低聲加上兩句：「剛才讀了十幾頁『金瓶梅』，不能不找個女人抱抱！」

他拉我一同去舞廳。我搖搖頭。他問我：「為什麼？」

「我不會跳舞。」

「傻瓜，現在上舞廳去玩，手的作用比腳還大，會不會跳舞是一點關係也沒有的。來，我帶你去見識見識，包你滿意！」

2

跟隨司徒耀祖走進漆黑的小舞廳後，我感到極大的詫異。那個舞女，身上灑着太多的廉價香水，走到我身邊時，猶如剛揭開瓶蓋的陳酒一般，刺鼻得很。

她有一對很大很大的眼睛，在黝暗光線中閃呀閃的，等於兩粒鑽石。

見到這一對極具侵略性的眼睛，我的心立刻咚咚地打起鼓來。過分的緊張，使我呆若木雞。那舞女看出我的稚嫩，開始用手指戲弄我。

我必須拿出勇氣接受她的逗弄，幸虧黑暗正在孕育我的膽量。我伸出手去，撫摸她身上的每一部分，她不加抗拒，而且作了鼓勵性的反應。……從此，我有了一個好去處。

3

阿媽開始對我的行動有了懷疑。

那是一個有雨的晚上，我睡得比平時早。雖然合上眼皮，但是一直在想着那些手指舞廳裏的舞女。

阿媽在結絨線衫；阿爸在燈下閱讀晚報。兩位老人家以為我已睡着，因此給我聽到了一些原不打算給我聽的話語。

「亞財變了，」阿媽說。

「何以見得？」阿爸問。

「第一，他的臉色越來越難看。」

「亞財今年十八歲，正在熱情得發傻的時期，臉色蒼白，是正常的現象。」

「第二，他常常出街。」

「聽說他學會了打桌球，年輕人精力充沛，難免要找些東西玩玩。」

「第三，昨天收到學校的成績單，竟有功課不及格。」

「天賦不高，不能勉強。」

「你不要老是袒護他，我們祇有這麼一個兒子，不能不加管教！讓我告訴你吧，今天早晨，我替他洗衣的時候，發現他襯衣領口上有唇膏印！」

「真有此事？」

「所以，我認為你應該暗中查究一下他的行動，跟蹤他幾天，看他晚上究竟走去什麼地方！」

4

知道阿爸在查究我的行蹤，我不能不具戒心；可是手指舞廳的吸引力實在太大。在家裏耽了三晚，又偷偷地溜去舞廳。起先，我總是左顧右盼，唯恐阿爸跟蹤我。後來，因為始終沒有見到過阿爸，膽量也大了。

有一天晚上，我從舞廳走出，忽然發現阿爸站在對街，心中一慌，拔腿便奔。出乎意料之外，阿爸竟拚着老命追上前來。當我被他捉住時，我問：

「為什麼老是監視我？」

阿爸一邊喘氣；一邊說：「亞財，我不是在監視你，我只想你帶我進去玩玩！」

（發表於一九六四年九月六日《快報》）

灣仔

「我們應該搬去灣仔居住。」老徐對他的妻子說。

「灣仔的屋租比筲箕灣貴得多。」徐太說。

「現在的屋租比過去低廉了，」老徐說，「阿珍在銅鑼灣做工，阿成在跑馬地讀書，我們要是搬去灣仔居住，對他們都方便。至於我自己，要是住在灣仔的話，搭不到車子，就可以步行到中環去返工。所以，我認為我們有必要搬去灣仔居住。」

徐太不想搬去灣仔，不過，丈夫堅持這樣做，祇好點頭。到了星期日，兩夫婦帶了兩個孩子到灣仔去看屋。過去，灣仔人口稠密，找房屋，並不容易。現在，情形不同了，新樓林立，每一幢新樓裏總有不少空樓。

他們在洛克道租到一層面積極小的新樓，租金三百，不算貴。不過，業主索取兩個月按金。租下這層樓之後，大家都覺得方便。

有一天晚上，阿珍放工回到家裏，一進門，就眼淚汪汪的撲倒在母親肩頭。徐氏夫婦大吃一驚，忙問究竟。阿珍說：

「剛才，我上樓時，忽然竄出兩個美國水兵，將我緊緊摟住，要強吻我。幸虧樓上有一群住客走下來，替我解圍。」

老徐舒口氣：「這種事情在灣仔是常有的，不必大驚小怪。」

第二天，老徐公畢回家，發現妻子雙手掩面，正在聳肩啜泣。老徐問：

「什麼事？」

「剛才，我到街市去買餸，回來時，遇到兩個醉水兵，攔住我的去路，調戲我。我心中一慌，走進一家士多去躲避，算是過了這一關。」

老徐舒口氣：「這也不能算是什麼嚴重的事情，何必哭成這個模樣？」

過些時日，老徐放工回家，妻子對他說：「我是不贊成搬來灣仔居住的，你偏不肯聽我的話。現在，事情終於發生了。據樓下涼茶店的事頭婆告訴我：阿成在與吧女談情說愛！」

「這是不可能的。」老徐說。

「住在灣仔就有可能發生這種事情！」

「好的，等他回來，我責問他。」……

過些時日，老徐放工回家，頭破血流，情形非常狼狽。徐太問：

「怎麼啦？」

「幾個醉水兵從酒吧出來，無緣無故將我毒打一頓！明天還是到筲箕灣去找房屋吧！」

（發表於一九六八年四月十四日《新晚報》）

孫悟空大鬧尖沙咀

在前往西天取經的途中，八戒又失蹤了。三藏滾鞍下馬，要行者將老豬找回來。行者束一束虎皮裙，掣出金箍棒，立刻進入「交戰狀態」，兩腳一瞪，身子像枝箭般，直衝天庭。先用右手在額上搭個涼篷，睉細眼睛朝前觀望。遠處有個小島，四面環水，島上盡是高樓大廈，塵氣沖天。

降落泥地，將所見的情形告師父。三藏緊蹙眉心，問：「這是什麼所在？」行者用手指搔頭，答不出所以然，當即捻個訣，念個咒，將土地老兒捉了來。土地跪在路旁道：「土地叩見大聖。」行者道：「不必多禮。」土地站起。行者又問：「前邊那個小島究竟是什麼所在？」土地道：「那地方叫做東方之珠，又名『民主櫥窗』，合一個半島與一個小島而成，半島有尖沙咀，小島有灣仔區，兩地皆為『蘇茜大本營』，身上骯髒得很，大聖千萬去不得。」行者聽言，已明大概，當即吩咐土地返回本廟。三藏詢以究竟，行者說：「八戒好色，定被妖魔迷住了。」三藏焦灼異常，口念阿彌陀佛不已。行者忙加勸慰，搖身一變，變成一個碧眼高鼻的番鬼佬，翻一個觔斗，神不知鬼不曉的降落在尖沙咀半島酒店門口，裝成遊客模樣，大搖大擺在彌敦道上踱步。

行者號稱大聖，鬧過天庭，闖過冥府，且到過的地方不少，卻從未見過這麼多的高樓大廈。

「國賓」，「帝國」，「總統」，「金冠」，「良士」……到處都是高聳的洋樓。「好地方！好地方！怪不得八戒又要動凡心了！」

這樣想時，忽然嗅到一陣艷艷的花香，偏過臉去一看，原來是個半中不西的粉頭。「哈囉，尊！」她露了一個蒙娜莉莎式的微笑。

行者雖然變成番鬼模樣，卻不會捲着舌頭講番話，聽到「哈囉」兩字，臉一沉，心裏咚咚咚的一陣子亂跳，直如打鼓一般。好在那粉頭立即改變戰略，運用眉目以傳情，柳眉櫻唇，果是標致。行者並非阿Q，倒也有點飄飄然。

「特林克？」粉頭問。

行者莫名其妙，亂答「也是」。粉頭一手捉住猴臂，直向酒吧走去。坐定，自有僕歐招呼。行者要喝花彫，嚇得粉頭面青唇白。粉頭心中暗忖：「此乃真怪物也，身為番鬼，居然索飲花彫，奇哉奇哉！」

三杯下肚，行者裝醉。粉頭將他扶入電梯，準備大「砍」一輪。行者進入電梯，心存好奇，暗忖：「電梯這玩意兒雖然乖靈，怎能與我的觔斗相比？」

進入臥房，行者繼續裝醉，倒在「席夢思」上，直如臥雲舒適。那粉頭倒也直截了當，未開口，先將身上的衣服脫得精光。猴子頑皮，睜開一眼，細察三圍，暗暗稱讚：「選美大會之材也。」此時，鄰房忽有笑聲傳來，不必分辨，已知是老豬的浪聲，心中一惱，霍然躍起。那粉頭仍在嘰哩咕嚕，但行者已變成蒼蠅一隻，「嗖」的振翅看窗外，瞪大眼睛朝鄰房觀看，果見八戒也已化身為遊客模樣，早已脫皂衣錦直裰，赤條條的摟着個裸體「蘇茜」，上下亂吻。行者見狀，不由怒往上沖，「嗖」的竄入百葉簾，抖抖身子，現出本像，指着蘇茜叱道：「妖孽！你的末日到了！」說着，高舉金箍棒，對準蘇茜頭部重重一擊。蘇茜逃避不及，腦殼炸裂，鮮血猶如噴水池般四處亂濺。

八戒剛從模糊不清中度到清醒，見行者鬧出人命案，慌了手腳，抖聲嚷：「這是東方之珠，乃法治之區，豈容你亂棍殺人？」行者哈哈大笑：「八戒，人道你傻，我總不肯承認。如今看來，你真乃大傻瓜一隻也！」八戒將眼睛瞪大如銅鈴，問：「此話怎講？」行者仰天大笑，邊說：「我打死的，不是人，而是一個妖精，你不信，儘管仔細看看。」

八戒轉過臉去一瞅，嚇得魂飛魄散。原來妖精已顯原形，牀上躺着一個大鎳幣！

（發表於一九六四年十月三十一日《快報》）

尖沙咀之夜

李婉住在港島。

張智住在九龍。

耶誕前夕，他們約在尖沙咀碼頭見面。當他們見面時，已是晚上七點。他們不是教徒，卻想趁此吃一頓豐盛的晚餐。耶誕大餐雖然貴些，總比平時豐富。

走到一家餐廳門口，看到餐單，密密麻麻，寫了很多道菜。定價每客十二元，比往時幾乎貴了一倍。

在餐廳吃「大餐」時，才知道「豬排」、「火雞」之類的東西都像豆腐乾那麼大。不但如此，甚至連「菜花」「薯仔」「布甸」「牛油」「橙」與「咖啡」都算作一道菜了。進餐時，只見碟子端來端去，卻不知道吃了一些什麼東西下肚。當他們走出餐廳時，每人手上多了一頂紙帽，算是餐廳送給他們的禮物。

「到樂宮戲院去看一場電影吧。」李婉說。

張智不反對。

抵達戲院門口，一眼就見到「客滿牌」。有人在炒黑市票，索價太貴，只好放棄預定計劃。

電影着不成，唯有看櫥窗。他們就在彌敦道上漫步。

有一群長頭髮的阿飛疾步奔來，將他們包圍在中間，大唱「平安夜」之類的歌。李婉嚇得面青唇白，摟住張智，渾身發抖。張智見這班阿飛們無理取鬧，雖然氣憤，卻不能不容忍。阿飛們見李婉怕成這個樣子，更加高興，手拉手，圍一個圈，一邊轉，一邊大聲唱歌。

唱了一會，散開，又走去捉弄別人。張智嘟噥幾句，挽着李婉的手臂繼續朝前走去。

經過重慶大廈時，迎面走來幾個衣衫襤褸的男女，模樣像乞丐；但又不是乞丐。張智不知道他們是做什麼的，李婉卻說了這麼一句：

他們是「稀癖士！」

這幾個「稀癖士」都是洋人，見到李婉，七手八腳要剝她身上的大褸。李婉不知道他們為什麼要這樣做，忍不住驚叫起來。「稀癖士」們用英語對她說：

「你為什麼穿得這麼整齊？你癲了！你癲了！」

「稀癖士」們嘩啦嘩啦走去別處。李婉受了兩次驚嚇，什麼興趣也沒有了。她對張智說：

「送我回家。」

兩人站在街邊等計程車。

計程車雖多，空的卻少。等了十分鐘左右才見到一輛，連忙揮手招停。

就在這時候，鄰近一家酒吧走出兩個美國水兵，醉醺醺的疾步奔來，不管三七二十一，對準張智揮了幾拳，踢了幾腳。張智跌倒時，兩個醉水兵搖搖擺擺走進那輛計程車的車廂！

（發表於一九六七年十二月二十七日《新晚報》）

夜中環

中環幾條主要馬路，到處都掛着「夜中環歡迎光臨」幾個大字。此外，凡是可以貼招紙的地方也貼滿「夜中環歡迎光臨」的招紙。

「這是一個新鮮的花樣，」老李想，「夜中環一直冷清清的，既已決定開夜市，情況一定會改變。」

走進商行，同事正在談論中環開夜市的事情。老李工作忙，坐在寫字檯邊做工，沒法參加同事們的討論。

電話鈴響了。拿起聽筒，原來是妻子打來的。

「天氣轉冷了，」李太說，「你什麼時候有空，陪我去買些東西？阿敏與小慧都需要買些絨線衫之類的東西，就是你自己，也需要添一些冬季用品。」

老李用興奮的口氣說：「現在中環開夜市了，吃過晚飯，我們帶阿敏與小慧一同到中環去買東西。中環的燈飾繁多，讓孩子去看看，也是好的。」

當天晚上，吃過晚飯，老李夫婦帶了兩個孩子到中環去買東西。他們是搭乘電車的，到了雪廠街口，下車，見到那些五顏六色的燈飾，個個睜大眼睛。這些燈飾雖然年年都有，而且形式也大同小異；但是冷清清的街上裝了這麼多的燈飾，當然會令人留下一種與平時不同的印象。

按照李氏夫婦的想法，中環既已開夜市，所有的店鋪一定像白晝那樣繼續營業。

但是，牛奶公司緊閉大門。連卡佛公司緊閉大門。航空公司緊閉大門。旅行社緊閉大門。鐘錶行緊閉大門。……這一帶，沒有一家店鋪開門。

「這怎麼可以說是夜市？根本沒有一家店鋪開門！」李太說。

「我們不妨走去四大公司選購吧！」老李說。

一家四口沿着德輔道中繼續朝前走去。兩旁的店鋪，除了極少數，其餘都緊閉大門。走呀走的，每一次抬起頭來，總可以見到「夜中環歡迎光臨」幾個大字。李太說：

「這夜市，除了多幾盞彩色電燈，與平時沒有分別。」

「我相信大型百貨公司會開的，」老李說。

但是，「玉屋」沒有開。「瑞興」沒有開。「先施」沒有開。「大新」沒有開。「永安」也沒有開。……李太想買的東西，一樣也買不到。老李見妻子臉上的表情不好看，提議到一家麵店去吃雲吞麵。李太悻惱不悅地：「有什麼好吃？天氣這樣冷，回家去吧！」

在回家的路途中，李太見到「夜中環歡迎光臨」七個字就生氣。她說：「這就算是開夜市了？」

（發表於一九六八年十二月十七日《新晚報》）

從筲箕灣到中環

吃過午飯，杏儀接到子銘的電話。子銘約她到中環一家電影院去看兩點半一場的電影，杏儀接受了。

當她換好衣服時，已是一點三刻。她住在筲箕灣，搭乘巴士到中環去，需要半小時左右，不能不趕緊些。子銘的脾氣，她是知道的。如果讓他等得太久，他一定會生氣，尤其是看電影。

抵達巴士站，許多人都在排長龍。杏儀唯恐不能在兩點半鐘趕到中環，憂心如焚。

巴士來了，亮着客滿燈，到站時，只有一個人下車；因此只有一個人上車。

過了五分鐘左右，又來一輛巴士，依舊亮着客滿燈；不過，有五個人下車，因此也有五個人上車。

輪到杏儀上車時，已是第四輛巴士。杏儀低頭看錶：兩點零五分。距離電影場的時間，還有二十五分鐘。如果巴士駛得快些，仍能及時趕到。

這樣想時，忽然有人在車廂裏打架。原來巴士拐彎時，一個阿飛踩痛另一個阿飛的腳背。兩人一言不合，打了起來。售票員竭力解勸；但是兩個阿飛越打越兇，打得頭破血流。在這樣情形下，除了報警，沒有第二個辦法。巴士停在路邊，所有搭客必須改搭後面的巴士。杏儀看看錶，知道不能及時趕到中環，急得像熱鍋上的螞蟻。

搭上後邊那輛巴士時，兩點二十五分，距離電影開場的時間還有五分鐘，但是巴士剛到達「麗池」。

過了「麗池」，巴士在疾馳中驀地掣車。杏儀與其他的搭客同時朝前一衝，差點跌倒。司機下車去察看究竟，才知道車胎爆了。沒有辦法，只好要求所有的搭客下車，拿着車票，轉搭後邊的巴士。

杏儀看看錶，兩點半。為了爭取時間，決定改搭九人座車。

九人座車的速度相當快，杏儀的心情也稍為好了一些。但是，九人座車駛抵北角時，因為街口有一個人揮手招停，那司機不顧一切將車子轉去街角，與後邊駛來的貨車相撞！

警察走來調查，將所有搭客的姓名全部抄下，要他們做證人。

杏儀急於趕去中環，但是警察一定要等所有搭客的姓名抄下後，才肯讓她走。

為了爭取時間，杏儀只好改搭計程車。當她抵達戲院門口時，已是三點半。子銘見到她，憤然將兩張戲票撕得粉碎。

（發表於一九六九年一月十二日《新晚報》）

在德輔道中

將車子泊好後，沿着雪廠街走去，在德輔道口拐彎。她穿着一件顏色鮮艷的春大衣。

從舊曆年初一到現在，天色一直是陰黯的。這天下午，天色晴朗，氣候也不像前些日子那樣寒冷。

當她走到「牛奶公司」門前時，一個中年男子迎上前來，跟她打招呼：

「好久不見你了，好嗎？」

「你好，」她答。

「我有許多話跟你講，到牛奶公司去喝杯茶？」

「對不起，我約好朋友在夏蕙喝茶。」

那中年男子碰了一個釘子，愁眉苦臉，正欲哀求時，忽然有人大聲叫了起來：

「麗麗！想不到會在這裏遇見你！」

麗麗與中年男子不約而同轉過臉去，原來是一個胖子。

「肥佬！」麗麗笑嘻嘻叫了一聲。

肥佬說：「剛才我打了兩次電話給你，亞好說你出街了，想不到會在這裏遇見你！」

「有什麼事？」麗麗問。

「沒有什麼事，」胖子笑得眼睛瞇成一條縫，「明天快活谷跑馬，想問你拿貼士。」

麗麗說：「我此刻與老K約在夏蕙飲茶，就是為了拿貼士。」

「那麼，」胖子說，「晚上再跟你通電話。」

「好的。」

胖子與麗麗握別。那中年男子站在一旁，自覺沒趣，也伸出手去，與麗麗握別。

麗麗婀婀娜娜朝前走去，走了幾十步，一個剛從「連卡佛」走出來的女人將她喚住了。

「麗麗！麗麗！我正要找你！」

「什麼事？」

「今晚到我家裏來打牌？」

「對不起，李太，今天晚上我另有約會，抽不出時間。」

「那麼改天再約吧，」李太說了這句話，朝那輛早已停在街邊的「積架」走去。

走了十幾步，有個小鬍子在告羅士打行高舉手臂，疾步奔來。

「麗麗，到什麼地方去？到『麗心』去喝茶？到『模漢』去買東西？我陪你去，好不好？」

一連串的問題，使麗麗連答話的機會也沒有。她只是笑，一邊搖頭；一邊朝前走去。

走到一家服裝店門口，覺得櫥窗的新裝很不錯，站在窗前觀看時，忽然有人輕拍她肩，轉過臉來一看，原來是積基。

「你一個人？」積基問。

「是的，我一個人，」麗麗答。

「到希爾頓去喝酒？」

「對不起，我已另有約會。」

積基聳聳肩，朝「牛奶公司」那個方向走去。麗麗走進告羅士打行，又有人大聲喚她：「麗麗！麗麗！」

麗麗是個交際花。

（發表於一九六九年三月十六日《新晚報》）

到香港仔去看扒龍舟

這是一件完全意想不到的事。那天下午，商行因為周轉不靈，宣告結業。老杜收到薪水袋時，見到那封油印的信時，心煩意亂，差點流淚。

沒有辦法，祇好提着公事包走出商行。

這是農曆五月初四，中環比平時更加擠迫。人們都在趕辦節貨，提着大包小包，走來走去，顯得很忙碌的樣子。

坐在電車上，老杜心裏亂糟糟，精神很不安。今天早晨，他允諾三個孩子買些粽子回去的，現在連吃粽子的興趣也沒有了。

「但是，」他想，「這樣做法是不對的。我失業了，心情不好，是必然的事：卻不能教三個孩子也陪我不高興。三個孩子失去母親後，很可憐。明天是端午節，應該讓他們過一個愉快的節日才對。」

想到這裏，電車駛抵灣仔，老杜在修頓球場那一站下車，穿過馬路，到龍門茶樓去買了四隻裹蒸粽與八隻梘水粽回去。孩子們是喜歡吃粽子的。

買好粽子，又走去電車站搭車。回到家裏，故意堆上一臉笑容，藉以掩飾心事。

孩子們見到粽子，興高采烈，要將粽子當晚飯吃。老杜說：

「今晚還是吃飯，明天早晨每人吃一隻梘水粽；中午每人吃一隻梘水粽與裹蒸粽。」

孩子們點點頭，接受父親的安排。不過，大寶卻趁此提出要求：

「爸爸，明天是端午節，帶我們到香港仔去看扒龍舟！」

「今年中區也有賽龍舟，要看，可以到中區去看，何必走去香港仔？」

「我們從來沒有在海鮮艇上吃過東西，聽同學們說：海鮮艇上的海鮮很好味，」大寶說。

老杜倒也有點躊躇不決了。他並非不想讓三個孩子過一個愉快的端午節；但是，到香港仔去吃一頓海鮮，花費相當大，商行不結束，還不成問題；商行既已結束，在找到新工作之前，不能隨便浪費金錢。

可是，二寶與三女卻同時嚷了起來：

「爸爸，明天是端午節，帶我們到香港仔看扒龍舟，吃海鮮！」

老杜乜斜着眼珠子對那幀掛在牆上的亡妻遺像一瞟，覺得失去母愛的孩子太可憐，咬咬牙，答應帶他們到香港仔去看扒龍舟。

三個孩子聽了父親的話，高興得手舞足蹈。老杜拿了乾毛巾與內衣褲走去沖涼了。當他沖涼時，想起商行的事，心裏說不出多麼的難過。

「怎麼辦？」他想，「我不是一個有錢人，要是不能在短期內找到工作的話，日子就無法過了。我自己吃苦，不要緊；但是這三個失去母親的孩子，總不能教他們也跟着我吃苦。明天是端午節，後天必須馬上出去找工作。」

沖過涼，覺得很疲倦，躺在牀上，合上眼皮，養神。雖然心事重重，卻一下子就睡着了。

半個鐘頭過後，醒了。三個孩子站在牀邊，臉上的表情都很嚴肅。

「做什麼？」他問。

「明天，我們不到香港仔去看扒龍舟了！」大寶說。

老杜直起身子，坐在牀沿，加強語氣問：

「為什麼？」

二寶與三女撲倒在父親大腿上，抽抽噎噎哭了起來。老杜睜大眼睛對大寶投以詢問的凝視。

大寶抖聲說：「你睡着的時候，三妹替你掛衣服，見到了商行給你的那封信！」

（一九六九年六月十九日發表於《恆報》）

颱風

上

扭開收音機，老陳聽到風暴消息：「……七號風球依舊懸掛，表示平均時速三十四海浬或以上之烈風或暴風將由東北方面吹襲本港……」

對於老陳，七號風球只有一個意義：不必返工。他是一個懂得享受的人，既有這樣的機會，當然要好好利用。他打了幾個電話，約些朋友到家裏來唱戲、打牌。

老陳是個有錢人，防風準備早由女傭做好。他住的是新樓，颱風來襲，不成問題。如果不出街，雪櫃裏有的是他喜歡吃的水果與食品；想吃什麼；有什麼。天文台懸掛七號風球，躺在沙發上，看看電視節目，也是一種相當好的享受。但是老陳仍不滿足。他要在打風的日子製造一些熱鬧的氣氛。

在七號風球下，老陳吩咐女傭們到街市去買餸，準備請那些走來唱戲或打牌的朋友們吃一頓豐盛的午餐與豐盛的晚餐。

在七號風球下，老陳的朋友們紛紛走來唱戲或打牌。

在七號風球下，老陳的家，熱鬧得像俱樂部。

然後是九號風球。然後是十號風球。老陳與他的朋友們卻在颱風侵襲時打牌、喝酒、唱戲。

下

住在木屋區的老張，聽說天文台懸掛七號風球，就扶老攜小的走下山來。他的表哥是個相當有辦法的人，住在灣仔的新樓裏，單獨住一層樓，沒有將多餘的房間分租出去。平時，老張不願意向他求助；現在，因為颱風襲港，不能不走去找他。

冒着風雨，老張一家五口搭乘電車前往灣仔。他們住在筲箕灣的山邊木屋區，上次大雨成災時發生的悲劇記憶猶新；這一次，再也不敢冒險。聽說天文台懸掛七號風球，就扶老攜小走去表哥處暫避。

表哥見到他們，臉一沉，沒好氣地問老張：「你們走來做什麼？」

「颱風襲港，我們不敢再住在木屋裏，走到這裏來，想在你家暫避一下，等風暴過境後立刻回去。」

「不行！」表哥厲聲說，「我這裏不是避風所！」說着，將門「砰」的一聲關上。

老張碰了一個釘子，只好扶老攜小下樓。他是一個窮人，親友不多，而那些親友們都很勢利，只會錦上添花；不肯雪中送炭。

下樓時，外邊風勁雨疾，不便再走到別處去了。沒有辦法，只好坐在樓梯底暫避。風聲獵獵，大雨似注。那個十二歲的兒子想起上次雨災時的情形，忍不住問老張：

「爸爸，我們什麼時候可以住石屎樓？」

（發表於一九六八年八月二十三日《新晚報》）

水桶

颶風「維奧娜」帶來了不少雨水；颶風「艾黛」帶來了不少雨水；颶風「露比」帶來了更多的雨水，全港水塘幾已乎全部滿溢。

水荒解除，全日供水的辦法可能維持一個較長的時期。

這是一件值得興奮的事；但是住在山邊木屋區的居民，雖然不必再在烈日下排隊；需要用水時，仍須到街喉去取水，手提水桶，沿着山坡的梯級，上上落落。亞彩這一家人也是木屋區的居民。亞彩的父親老鑫是個無牌小販，經常在銅鑼灣熱鬧地區擺攤子，販賣本港出的膠製玩具。生意好的時候，一天也能賺上十元八元；運氣壞的時候，萬一行動不夠迅速，給差人拉入警署，貨品充公之外，少不免還要罰掉幾十元。這不能算是好工作；但是除此以外。沒有別的工作可做。

亞彩的母親患着慢性氣管炎，打過針，吃過藥，看過西醫，也看過中醫，花了不少錢，總不能斷根，心中一氣，索性不醫了。

由於老鑫賺來的錢，不夠開支，亞彩的母親經常走去鄰近學校，收些髒衫來洗熨，供亞彩進學校去讀書。亞彩今年十四歲，剛從小學畢業，正在山下那所學校讀初一。

九月六日，颶風「露比」過境的第二天，正是亞彩母親的生日。老鑫掏了幾塊錢出來，說是不煮飯，大家下麵吃。亞彩一家三口都不喜歡吃麵；然而麵是長壽的象徵。

照說，生日是一件喜事，原該好好慶祝一下才對。但是他們是窮人家，不能這樣講究。這一天，颶風已過境，老鑫照例下山去擺檔；亞彩的母親也照例提了水桶下山去挑水。因為是星期日，亞彩坐在家裏溫習功課。她身上還有十塊錢，很想買一件稱心的東西送給阿媽，作為生日禮物。

阿媽是個沉默寡言的婦人，成天洗衣，煮飯，料理家務，從未出過半句怨言。她很少露笑容，所以不像是一個快樂的女人。亞彩為了使母親快樂，決定買一件禮物送給她。買什麼呢？

站在門口，俯視山下，阿媽正挑着兩桶火水箱，拾級而上。兩隻火水箱都已經漏了，一路上山，一路漏水，雖然漏洞不大：但是挑上山來之後，往往會少去四分之一的水量。換言之。為了挑水，阿媽每天要費些冤枉氣力。想到這裏，亞彩決定購買最實用的禮物——兩隻膠水桶。

膠水桶不但不會漏，重量也較火水箱輕。亞彩積十塊錢並不容易，用來買水桶，當然再合適也沒有了。這天下午，當母親在山邊洗衣時，亞彩下山了，走去「京華戲院」鄰近的雜貨店，買了兩隻膠水桶。起先，她以為膠水桶相當貴；殊不知「水荒」解除後，膠水桶供過於求，價錢比兩個月前便宜得多。

亞彩高興極了，提着兩隻水桶，走回木屋區。阿媽仍在山邊洗衣，亞彩笑嘻嘻地走上前去，說：「阿媽！這是送給你的生日禮物！」

阿媽直起腰身，回過頭來，對亞彩手裏的兩隻膠水桶一瞅，皺緊眉頭，臉上突然出現了一種焦躁的神情，說是憤怒，倒也有點像悲傷。

「兩隻水桶！」她問，「你送兩隻水桶給我？」

亞彩這才意識到自己的主意打錯了，羞憤交集，提着兩隻水桶，疾步下山。走去那家雜貨店，企圖退換給他們。但是貨物既已售出，是不能退回的。沒有辦法，祇好提着兩隻水桶，廢然回家。她沒有勇氣見阿媽，竟坐在山邊抽抽噎噎地哭泣起來。稍過些時，老鑫因為妻子生日，提早收檔。見亞彩坐在山邊哭泣，忙問究竟。亞彩說出原委，老鑫眼珠子滑溜溜的一轉，說：「跟我來。」兩人疾步上山，走到亞彩母親面前。老鑫堆上一臉笑容說：「亞彩送水桶給你時，有一句話忘記對你講了。」

「什麼？」亞彩的母親問。

「從今以後，這擔水的工作由她來做！」

（發表於一九六四年九月九日《快報》）

「雪麗」襲港

別的商行，只要天文台扯起五號以上的風球，職員們就可以不必返工。老鄭供職的那家商行有一個與眾不同的規定：只要水陸交通沒有停頓，即使扯十號風球，職員們仍須返工。

颱風「雪麗」襲港之日，一清早就懸掛七號風球，別人都在家裏避風，老鄭卻要冒着風雨過海去。他是住在九龍的。

過海後，在大風大雨中趕去寫字樓返工。到了下午兩點四十分，天文台改懸九號風球，收音機的廣播說是天星小輪將於三點停航。商行的經理這才對職員們說：

「快點搭乘最後一班渡輪回家吧！」

老鄭匆匆走出商行，冒着風雨走去天星碼頭；但是最後一班渡輪剛剛開出，碼頭工作人員已將閘門關上。沒有辦法，老鄭只好走去借打電話，將情形告訴妻子。

老鄭是個不懂得交際應酬的人。既然搭不上最後一班渡輪，就得設法找個地方避風。商行有位女同事，名叫南茜，與老鄭很談得來。老鄭打電話給南茜，想走到她家去談談。南茜誤會他的動機，發了很大的脾氣，厲聲厲色責罵他幾句。老鄭知道南茜誤會了，想解釋；南茜憤然將電話擱斷。

天文台已掛九號風球，不能老是站在街邊。老鄭總得找個地方躲避一下才對。他無意打擾朋友，走去看一場電影。當他抵達電影院時，離開入場時間還有一個多鐘頭。外邊風勁雨疾，惟有站在影院大堂中看劇照。

兩點半一場的觀眾很少，全院約有一百多個；到了五點半一場，因為天文台改懸十號風球，觀眾更少。老鄭買的是後座票，後座祇有六個觀眾，連他在內。

看完電影出來，七點半。冒着疾風驟雨走入鄰近一家飯店。

這飯店雖然上着排門，依舊照常營業。老鄭走到裏邊，倒也有點後悔了。飯店冷清清的，除了他，沒有第二個客人。

吃飯時，幾個夥計將視線集中在他的身上。他在想着一個問題：今天晚上到什麼地方去過夜？

想到了同事老王。

吃過晚飯，正是風眼臨空時，無風無雨，寧靜得令人感到不耐煩。電車與巴士早已停駛，計程車還是有的。老鄭搭乘計程車，前往老王處。老王一見他，便用興奮的口氣說：

「你來得真巧！我們三缺一，你來了，恰好湊成一枱麻雀！」

老鄭雖然會打麻雀，卻不喜歡打。但在這種情形之下，不能不打。

風眼過後。又是急風暴雨。老鄭在風雨中打了一場通宵牌，到了天文台改懸五號風球時，已輸去兩千多元！

（發表於一九六八年八月二十四日《新晚報》）

集郵

趙士存對港郵的搜集，始終不遺餘力。他的經濟情形不算差，但也不算太好。平時，想添置新西裝或新沙發之類的東西，也會考慮再三，遲疑不決；但是見到珍郵，只要是他所需要的，即使花幾千元，也會斷然買下。在趙士存的郵集裏，像「大學堂紀念票」的漏金變體，就是用一千六百元買來的；那個一九五四年五仙漏齒四方連，卻是用三千元買來的。……

縱然如此，有些名貴的變體郵票，趙士存即使肯花錢，也未必搜集得到。譬如說：最新發現的一角普通票漏齒錯體，他就沒有找到。此外，像一元三角漏黃色錯體與一元三角倒水印錯體，他曾經到處搜求，同樣無法找到。

趙士存喜歡蒐集錯體郵票的原因有二：一、為了滿足自己的慾望；二、由於錯體郵票不易多得，集到後，過些時日，價格必漲，到那時，祇要有人想買，就可以賺錢。

趙士存雖非郵商，在郵票上賺過錢，倒是千真萬確的。

一年前，「世界衛生組織大廈落成紀念票」發行後，趙士存曾經從郵商處買到一全張「構圖重複」的錯體。這種錯體，在港郵中，還是第一次發現。事實上，其他地區的郵票中，類似的錯體也極少。當時趙士存以七十五元低價購入，喜不自勝，相信這種錯體的價格必會上漲。

前些日子，趙士存翻閱剛出版的郵票雜誌，見到一個郵商的廣告中有此枚錯體郵票出售，每枚售價二十五鎊，等於港幣四百元。趙士存有一全張，每張五十枚，其中二十枚的重複情形並不顯明，另外三十枚卻是清清楚楚的。以這三十枚來說，時價超過一萬二千元。倘能售出，至少可以賺幾千。

因此。趙士存拿了這張錯體郵票到港九各郵商處去出售，但是沒有一個郵商肯收。沒有辦法，趙士存只好將這張錯體郵票寄去外國。按照他的想法：外國郵商既然以高價出售，收買時，即使打一折，也有一千二百元可得。

趙士存將錯體郵票寄去外國，伸長脖頸等待回音。

使他失望的是：郵票寄出一個月之後，沒有接到覆信。

他又寄了一封信去，查詢此事。信件猶如石沉大海，那郵商始終一個字也不覆。

（發表於一九六七年九月二日《新晚報》）

錯體郵票

他是一個十三四歲少年，但是郵識頗豐，在香港集郵界，一向以小郵商的姿態出現。每逢香港發行新郵票的時候，他就會拿一些錯體郵票到各處去兜售。他會走去集郵者家裏兜售；也會將他的郵票賣給港九各郵商。沒有人知道他的錯體郵票是從什麼地方來的，不過，凡是喜歡蒐集錯體郵票的集郵家可以經常從他那裏買到錯體，倒是鐵一般事實。

前幾年，人們到郵局去購買郵票，運氣好的話，就會買到「爛花」「破字」「漏印顏色」之類的錯體。自從集郵界多了這位小郵商之後，人們就不容易獲得這種機會了。

我也蒐集香港的錯體郵票。從小郵商手裏曾經買到不少錯體郵票。舉一個例來說：目前香港通用郵票中，倒水印錯體至少有五種；英國吉本斯郵票目錄只列入「兩元」與「十元」倒水印兩種；其實，「一角」「一元三角」與「五元」都有倒水印。尤其是「一元三角」倒水印，截至目前為止，發現的數量極少，相當名貴。這三種罕品，不容易購到，我卻從小郵商處購得了「一元三角」與「五元」的倒水印錯體。正因為是這樣，我對小郵商一直很信任。

兩三個月前，有一天早晨，小郵商忽然打電話給我，用緊張的口氣對我說：

「兩角通用票的橫置水印錯體，你要不要？」

「橫置水印？」我問。

「這種錯體剛發現，為數極少。我拿到了三全張，兩張已拆售給幾個郵商，還有一全張，你要不要？」

「什麼價錢？」

「賣給郵商，照票面十五倍。賣給你，特別便宜，照票面十倍計算。但是必須買全張，要拆開的話，照票面十伍倍計算。」

「這種橫置水印究竟發現多少？」

「我手裏只有三全張，看樣子，不會太多。」

「價錢方面能不能稍為減少些？」

「這是錯體郵票，怎能減價？將來新目錄出版後，每枚賣十鎊八鎊也說不定。」

「好的，你拿來吧。」

這樣，我付出十倍的價錢購得一全張兩角的橫置水印郵票。

一個星期過後，我接到英國寄來的郵票雜誌。在「新郵報道」一欄中，看到一段小新聞。新聞的標題是：「香港改換水印」，內文很簡單：「自本月初起，香港兩角通用票將一律改為橫置水印。」

（發表於一九六七年三月十三日《新晚報》）

買賣

志仁喜歡集郵。從十二歲起，就開始集郵了。起先，只知道集一些顏色鮮艷而圖案美麗的郵票，後來，郵識逐漸豐富，知道集郵需有系統，否則等於浪費。為了增加郵識，他甚至寫信到外國去訂購郵票雜誌，將這些雜誌。當作教科書來閱讀。

現在，志仁已經二十三歲。他有好幾本郵集，其中不乏罕品。

罕品是不容易蒐集得到的，需要出相當高的代價去購買。志仁的父親離開人世時曾經遺下一筆數目不大的錢，給他們母子兩人過日子。志仁需要買郵票時，伸手向母親拿。母親不懂集郵，總覺得志仁將錢去買郵票是一種浪費。不過，她祇有這麼一個兒子，而這個兒子除了集郵又沒有其他的好癖。志仁要買郵票就拿錢給他去買。

志仁常常寫信到外國去買郵票。

有一天，志仁讀郵票雜誌，見到有一個郵商刊登廣告收買「馬爾他獨立紀念郵票」，每套收價為港幣六十四元。志仁立刻翻閱自己的郵集，找到了一組四方連的「馬爾他獨立紀念郵票」。如果將這一組郵票出售，可能獲得二百五十六元。這是一件值得興奮的事，因為他買入這套郵票時只花四十元。

這一套四方連出售。

他並不等錢用，但是他願意將這一組郵票出售。截至那時為止，他雖曾購入不少郵票，可是從未在郵票上賺過錢。為了給自己一點信心，同時在母親面前表示集郵是可以賺錢的，他決定將這一套四方連出售。

他將郵票寄給那個刊登廣告的郵商。

一個星期過後，那郵商果然將錢匯來了。志仁賺了兩百多元，說不出多麼的高興。他對母親說：

「現在你總該相信了，集郵是可以賺錢的！」

從此，志仁常常向母親拿錢，拿了錢，寫信到外國去購買郵票。由於拿的錢太多，使母親不能沒有擔憂。志仁集郵的興趣與日俱增，當他想得到一張郵票時，無論價格多麼高，也一定要將它買來。為了買郵票的事，他與母親曾經吵過好幾次。母親對他說：

「你父親遺留給我們的錢，幾乎全部給你拿去買郵票了。如果你再不節制，我們可能連生活也會成問題！」

縱然如此，志仁還是要買郵票。

當生活成問題時，母親病了，病得很厲害。志仁將她送入醫院後，打算將自己郵集出售。

他的郵集曾經花過兩萬多塊錢，但是拿去郵商處出售，郵商只肯給他五百元。據那郵商說：

「這是最高的價錢，除了我，相信沒有第二個郵商肯收購。」

（發表於一九六八年二月十七日《新晚報》）

郵票的價值

老區喜歡集郵，卻不是一個認真的集郵家。他在一家商行做工。一年前，有一個朋友走去找他，說是出國在即，想將許多年蒐集的郵集賣掉。老區問他：「要多少錢？」他說：「三千。」老區仔細翻閱郵集，同時與郵票目錄對照一下，發覺他所要的價錢並不貴，因為這本郵集的時價約在港幣兩萬元以上。老區以兩千五百元的代價，將這本郵集購下。

老區拿着郵集走去找一個郵商，問他需要不需要。郵商很喜歡這個郵集，以五千元的代價將這本郵集購入。這樣一來，老區輕而易舉賺了二千五。從此，對郵票的信心大增。

一年來，商行的情形並不好。老區在寫字樓返工的時候，常常聽到裁員減薪的消息，憂心忡忡，總想找些別的生意來做。

他曾經在郵票上賺過二千五百元，每次聽到裁員減薪的消息，就會動郵票的腦筋。買了許多郵票雜誌來研究，希望能夠找到一些正在漲價的郵票。

在過去的半年中，所有英國有磁線紀念票全部漲價，票面一先令的郵票，居然漲到三四十個先令。縱然是這樣的高價，依舊有人搶購。

老區從雜誌上看到這個消息後，到全港郵商處去蒐購英國有磁線紀念票；但是本港存底極薄，即使有錢，也購不到老區想購入的郵票。

沒有辦法，只好寫信到英國去買。郵票買來後，價格就停止上漲。換言之，老區購入這批郵票時，是最高價。

不久，又有消息傳來：說是英聯邦早期的普通票的價格也上漲了，而且漲勢極猛，老區連忙走去各郵商處搜購，因為普通票的價格較貴，存底雖不豐，倒也買到不少。根據郵票雜誌的預測，今年郵票目錄出版後，這些郵票必定大漲特漲。

八月中旬，本年度郵票目錄問世，老區購得一本航空版，查閱價格，才知道自己購入的郵票，價格雖然上漲，卻比他購入時的價錢還低。為了避免資金被擱，決定將這些郵票售出。這些都是「熱門郵票」，出售應該沒有問題。

第一個郵商對他說：「不如交換郵票吧。」但是老區要的是現錢。

第二個郵商對他說：「這些都是熱門郵票，我當然想要買的；不過，目前沒有現款。」

第三個郵商對他說：「你可以將這些郵票放在我處寄售。」

第四個郵商願以現金收購他的郵票，不過，條件是這樣的：「按郵票目錄的價格，一個先令以港幣一毫計算！」

（發表於一九六八年九月十七日《新晚報》）

連贏孖寶

「趙太電話！」

趙太是頭房的住客，正在車衣，聽到包租婆的喊聲，連忙從房內走出，到客廳去接聽。包租婆則在客廳裏與尾房的房客六姑聊天。

趙太拿起電話聽筒，才知道是姑媽打來的。

「有什麼事情？」趙太問。

「今天下午快活谷有賽馬，」姑媽說，「我告訴你一個可靠貼士，第三場4搭7連贏，夾疊第四場2搭8連贏。這一個連贏孖寶要是買中了，十元可贏幾千！」

擱斷電話，趙太將姑媽的說話當作耳邊風，聽過就算，懶洋洋朝頭房走去。

「誰打電話給你？」包租婆問。

「我的姑媽，」趙太說，「她叫我買一個連贏孖寶，說是花十塊錢，可以贏幾千。」

聽到「幾千」這兩個字，包租婆與尾房的六姑同時站了起來，問趙太究竟有什麼好貼士。

趙太就將姑媽在電話中講的話重述一遍，六姑說：

「我的表姐甄太是個帶家，不如打個電話給她，我們三個人合買一個連贏孖寶。你們每人三元三，我出三元四！」

趙太對賭馬並不感到興趣，因為不想掃六姑的興，拿了三元三出來。六姑當即打了一個電話給她的表姐，買了十元的連贏孖寶。

吃過中飯，包租婆到樓下士多去打麻將。趙太在頭房車衣；六姑則在午睡。三點敲過，包租婆匆匆走回來，一進門就大聲說：

「我們已經過了一關！」

正在車衣的趙太忙不迭走出房門，睜大眼睛對包租婆投以詢問的凝視。包租婆問：

「六姑呢？」

「她在房內午睡。」

兩個女人三步兩腳走去尾房，將六姑推醒。包租婆用興奮的口氣告訴她：第三場已跑過，果然是4搭7連贏，派彩三百多元。如果第四場跑出2搭8連贏，就有幾千塊錢可以贏了。六姑聽了，故作鎮定：

「不要太緊張，好不好？第一關雖過，要是過不了第二關，一個斗零也收不到。」

包租婆要六姑打電話給她的表姐甄太，問她有沒有替她們買這一個孖寶。六姑認為不必多此一舉；但是包租婆緊張得很，非要六姑打這個電話不可。六姑沒法，祇好依照她的意思去做。當她打電話時，包租婆從房內取出那隻原子粒收音機，準備收聽第四場的賽馬結果。原子粒收音機扭開後，她走到六姑面前，問：「怎麼樣？」六姑說：「打了幾十次都打不通。」說着，六姑又打了幾次，依舊打不通。

電台播出第四場的賽馬結果，果然跑出2搭8連贏。三個女人欣喜若狂。

「六姑，你再打一次電話給甄太！」包租婆說。

這一次，電話接通了。六姑用興奮的口氣說：「我們的連贏孖寶中了。你沒有忘記落注？」

「啊喲！你不提，我根本想不起這件事！糟糕！現在馬已跑出，怎麼辦？」

六姑聽了這話，「哇」的哭了起來，憤然將電話擱斷。包租婆與趙太聽說沒有落注，氣得面青唇白。

稍過片刻，甄太打電話給六姑，說是那個連贏孖寶的彩金是四千八百元，因為忘記落注，她願意自己掏腰包，送五百元給六姑，作為賠償。六姑將甄太的意思講給包租婆與趙太聽，包租婆與趙太說是聊勝於無，接受了。

三天後，甄太的親戚遇見六姑，說甄太在星期六買中連贏孖寶，贏了四千八！

（發表於一九六九年五月六日《恆報》）

看賽車

船票是在星期六買好的。到了星期日早晨，區氏夫婦搭乘第三班水翼船前往澳門看賽車。當他們坐在水翼船上時，區太用興奮的口氣對老區說：

「今天的賽車與以往不同，是耐力比賽，兜一百零一個圈，從下午三點開始，要到夜晚九點才結束，相當刺激。」

老區頻頻點頭，視線落在日報的狗經版上。

搭乘水翼船從香港到澳門，祇需七十五分鐘。當他們抵達澳門時，十點敲過。區太說：

「賽車要到下午三點開始，時間還早，不如到觀音堂去參觀一下。聽說觀音堂裏有十八羅漢殿，值得參觀。」

老區不接受這個建議，說是肚餓了，要到「澳門皇宮」去飲早茶。區太不反對。到了「澳門皇宮」，由於茶客太多，找不到座位。老區趁此提議到樓上去看看。所謂「到樓上去看看」，其實就是賭錢。

雖然是上午，賭場已有不少賭客。老區賭了幾手番攤，輸去一百多元，心猶不甘，走去賭「廿一點」。他的手氣並不好，賭到十二點半，輸掉五百多元。區太見此情形，唯恐老區繼續賭下去。柔聲對他說：

「肚餓了，出去吃中飯吧。」

老區賭興仍濃，聽了妻子的話，不敢戀戰，祇好走去「佛笑樓」吃乳鴿。

「佛笑樓」的乳鴿是好的。區太吃得津津有味；老區則愁眉苦臉。區太看出這一點，用撫慰的口氣對他說：

「輸掉六百塊錢，算不得什麼。何必愁眉苦臉，連乳鴿也不吃。」

老區露了一個不很自然的笑容，不說什麼。吃過中飯，區太說：

「賽車就要開始了，走去看賽車吧。」

老區搖搖頭：「今天氣候特別熱，在烈日底下看賽車，簡直是活受罪！」

「但是，」區太說，「我們是走來看賽車的。」

「這次是耐力比賽，要到晚上九點才結束，現在走去看賽車，一點意思也沒有，不如天黑後走去看。」

區太說「如果不去看賽車的話，我們還是到觀音堂去參觀一下。」

「十八羅漢有什麼好看？」老區說，「不如到新花園去喝杯咖啡。」

所謂「喝咖啡」，其實祇是一種藉口。區太明白他的意思，祇好陪他到「新花園」去。到了「新花園」，老區哪裏還有心情走去餐廳喝咖啡，見到骰寶枱邊有兩隻空位，拉開椅子，坐下。

他的賭運似已好轉，一開始就過了三關，將上午輸去的錢贏回。區太想勸他歇手；又怕老區生氣，祇好讓他賭下去。

賭了兩個鐘頭左右，手氣轉逆。老區輸了一千多元後，轉移陣地，走去賭輪盤。

傍晚時分，老區輸去兩千多元。區太唯恐他繼續輸下去，柔聲對他說：

「我肚餓了，吃晚飯去吧。吃過晚飯，看賽車。」

兩人走出「新花園」，僱一輛的士，到「龍記」去吃晚飯。「龍記」的菜餚很好；但是，老區輸了兩千多元，心裏說不出多麼的不舒服。

吃過晚飯，區太要看賽車，老區搖搖頭，吩咐的士司機將車子駛往「逸園跑狗場」。

「昨天，有人給我幾個貼士，一定可以贏出。我已輸去兩千多，不能不設法翻本。」

在「逸園」賭到散場，老區將帶來的三千多元全部輸去。沒有辦法，祇好懷着沉重的心境上船。區太嗤鼻哼了一聲：

「看賽車，看賽車，連賽車的影子也沒有見到，就輸掉三千多！你要是不存心走來賭錢，為什麼帶這麼多的現款？」

（發表於一九六九年五月二十一日《恆報》）

爛賭鴻

鴻嫂在沖涼房洗臉時，爛賭鴻垂頭喪氣回來了。

「你一夜不回，究竟在外邊做些什麼？」鴻嫂厲聲問。

爛賭鴻用手背掩蓋在嘴前，一連打了兩個呵欠，躺在牀上，合眼便睡。鴻嫂伸出手去搖搖爛賭鴻的肩膀，不讓他睡。

「你說！你是不是又走去秘密賭檔賭錢？」鴻嫂尖聲問。

爛賭鴻不答話，側轉身子，合眼再睡。鴻嫂又一次伸出手去，搖搖他的肩膀，對他說：

「拿錢來。」

「什麼錢？」爛賭鴻問。

「買餸錢，」鴻嫂說，「我要去買餸。」

爛賭鴻愛理不理說了兩個字：「沒有。」

鴻嫂聽了這簡短的一句話，感情有如突然爆發的火山，一發不可收拾。她含着淚水說：

「你……你這樣爛賭，總有一天會像秦劍那樣吊頸的！這些日子，你……你除了賭錢，什麼都不做！昨天晚上，你出街後，我才發現一對龍鳳鈪不見了！你……你這樣爛賭，教我今後怎樣過日子？」

說着，嘩啦嘩啦哭了起來。爛賭鴻只當沒有聽見，側轉身子，面對牆壁，緊閉眼睛。

「你……你，在過去一年中輸掉了多少錢？……昨天下午，你不在家的時候，有個外圍公司的駁腳走來追討狗賬，我對他講了多少好話，他才怒氣沖沖離去。……想不到你回來後，趁我在廚房裏炒菜煮飯的時候，竟偷了我的龍鳳鈪走去秘密賭檔賭錢了！這……這樣下去，你……你教我怎樣做人？」

爛賭鴻越聽越不順耳，轉過身來，施了一個鯉魚打挺之勢，下牀，悻悻然朝大門走去。

鴻嫂邊哭邊問：「你到什麼地方去？」

爛賭鴻一言不發，疾步朝外急走。鴻嫂聽到關門聲時，哇的放聲大哭。

止住內心的激動後，鴻嫂祇好提着餸籃走去買餸。

傍晚時分，爛賭鴻垂頭喪氣走回來，手裏拿着一條繩子。

鴻嫂見到那條繩子，心一沉，立刻想到了自縊身亡的秦劍。根據報紙上的記載：秦劍是用一條新麻繩在浴室裏上吊的。

爛賭鴻上牀後，鴻嫂越想越恐慌。她雖然對爛賭鴻不滿，倒也並不希望爛賭鴻因輸錢而做出愚蠢的事情。因此，她不但不敢責備他；反而柔言細氣問：

「又輸了？」

爛賭鴻不答。鴻嫂見他如此消沉，唯恐他萌短見，祇好這樣問他：

「想不想翻本？」

爛賭鴻聽了這話，不能不感到意外，睜大眼睛問：「你肯拿錢給我去翻本？」

源嫂拿了兩隻金戒指給他。

爛賭鴻喜出望外，拿了戒指疾步出街。鴻嫂明知他出去賭錢，祇好嘆口氣，將那根繩索收藏起來。

三個鐘頭過後，爛賭鴻興高采烈地走回來，將一疊鈔票擲在桌面上。鴻嫂見他心情已好轉，拿出那條繩索。

「你將這條繩子拿回來做什麼？」她問。

爛賭鴻一邊點算鈔票；一邊答：「我出街的時候，見街邊有條繩子，順手拿回來，給你晾衫用。」

（發表於一九六九年六月二十一日《恆報》）

橫財

一連幾個星期，即場三六水緊，想落注，祇好賭外圍。但是，排骨超不喜歡賭外圍。理由是：兩年前，他曾經中過一條四穿十一，贏了五千多，一個斗零也沒有收到。他對外圍公司早已失去信心。

賭不到即場三六，就走去秘密賭檔一博運氣。先去北角那個賭檔，才知道早在一個星期之前已被警方冚檔；然後走去銅鑼灣那個賭檔，也不知道搬到什麼地方了。

第二天，星期日。賭癮大發，打電話給三個朋友，約他們到家裏來打麻將。排骨超不是一個很喜歡打麻將的人，因為欲賭無門，祇好藉此過一下賭癮。

四圈沒有結束，為了一張牌，排骨超竟與一個賭友打了起來，弄得不歡而散。

吃過晚飯，百無聊賴，走去電影院看戲，上下客滿。沒有辦法，祇好走去鄰近餐廳吃雪糕。走出餐廳，無處可去，跳上電車，遊電車河。

電車朝西駛去，排骨超眼望街景，心裏說不出多麼的不舒適。他想賭錢，卻找不到可以賭錢的地方。

電車駛抵上環街市，駛回頭。排骨超下車後，漫無目的地朝前走去，不知不覺間，走進新填地的「平民夜總會。」

「平民夜總會」很熱鬧，有吃有看，不失為消磨時間的好去處。

一個睇相佬見到他，彷彿被人刺了一針似的叫起來：

「先生！你的氣色好到極點！你有橫財！就算你平時不賭錢，這幾天也該賭賭狗，打打牌，包你贏錢！」

「真的嗎？」

「當然是真的，」睇相佬用肯定的口氣說。

「如果是真的，我即刻購買船票，搭乘半夜開出的船到澳門去。」

「儘管去吧，」睇相佬說，「明天回來請我飲茶。」

「輸了錢呢？」排骨超問。

「輸了錢，走來打爛我的招牌！」

排骨超賭癮早發，聽了睇相佬的話，信心益增，走去碼頭購買船票，前往澳門。

抵達澳門，深夜向盡。狗賽早已結束。祇好走去「澳門皇宮」。賭錢的目的既是贏錢，賭什麼都不成問題。

坐在骰寶枱邊，運氣很壞，押「大」開「小」；押「小」開「大」，不到一個鐘頭，身上的一千元輸賸五十元。這五十元是不能輸掉的，輸掉了，沒法搭乘水翼船回港。天還沒有亮，要是走出「澳門皇宮」的話，街頭冷清清的，毫無意思。因此，衹好走去賭「金路」。「金路」與白鴿票有點相似，以小博大，輸的時候不會輸得太多，萬一買中六個字以上，就可以贏大錢。那睇相佬的話未必可靠；不過，藉此碰碰運氣，不會成問題。他拿了一張「金路」票，點了十個字，走去櫃面蓋印。開彩結果，中了六個字，將輸去的一千元贏回來了。

欣喜若狂，暗忖：「那睇相佬講的話果真靈驗。既然走來澳門，就不能錯失這個贏錢的機會。」

走去「廿一點」賭枱邊，見一個中年婦人贏了大錢，連忙搭注。

當他不搭注的時候，那婦人一直是贏的；他搭注後，那婦人就輸了。婦人氣得與排骨超吵了起來，排骨超祇好走去賭番攤。賭到上午九點，賸下三十元，廢然走出賭場，僱車前往碼頭搭乘水翼船。

當天晚上，他走去「平民夜總會」找睇相佬，將經過情形告訴他。睇相佬說：「這事錯在你自己，怪不得別人。你不搭注，就可以贏大錢！那婦人將你的賭運沖掉了！」

（發表於一九六九年六月二十四日《恆報》）

搶購黃金

十二月十六日早晨，陳太翻開報紙，一眼就看到這樣的消息：「金銀貿易場昨晨遲半小時開盤」。

這幾天，報紙每天刊出搶購黃金潮的新聞。陳太對於黃金潮的新聞特別注意，理由是：上次英鎊貶值已經吃過一次虧，如果這一次不提高警覺，再吃虧的話，就不堪設想。

陳先生並不有錢。陳太有兩萬塊錢私蓄存在銀行裏。上次，英鎊貶值，她卻糊裏糊塗吃了一次虧。現在，讀到這一則新聞，心像打鼓一般，咚咚咚，一陣子亂跳。

新聞的內容指出：本港金銀貿易場遲半小時開盤的理由是：受了歐洲搶購黃金潮的影響。

歐洲人為什麼要搶購黃金？

當然因為紙幣靠不住。

陳太雖有幾萬元私蓄，為了貪圖利息，全部存在銀行裏，手上並無黃金。

由於報紙每天都有搶購黃金的消息刊出，陳太對紙幣也失去信心。她對丈夫說：

「我們也該買些黃金回來。這幾天，許多人都在搶購黃金。」

「你有錢嗎？」

陳先生拿了一萬塊錢，匆匆出街。到了夜色四合時，才回家。陳太說：

「剛才我到街市去買餸的時候，經過金鋪，走進去詢問，才知道金價又漲了！他們說：歐洲有一個傳說，在最近的將來，可能會禁止黃金買賣。你今天走去買金時，什麼價錢？」

「我沒有買金。」

「什麼？你沒有買金？要是下星期一黃金禁止買賣時，怎麼辦？」

「這是謠言。」

「上次英鎊貶值之前，你也說是謠言；結果怎麼樣？還不是貶值了？」

陳先生悶聲不響。陳太眼珠子骨溜溜的一轉：

「現在雖然已是夜晚，金鋪還是開的，將錢拿給我，到金鋪去買飾金！」

陳先生哭喪着臉：「今天下午，我拿了錢到馬場去碰運氣，因為冷門迭爆，輸清了！」

（發表於一九六七年十二月十九日《新晚報》）

張鐵口

筲箕灣有個算命先生，名叫張鐵口，盲眼，據說非常靈驗，能夠預卜未來的事情。

第五次賽馬前夕，馬迷亞有走去請教他，說是祖父病了，沒有錢請醫生，想去賭馬贏些錢。

亞有苦苦哀求：「請你預卜一下明天的賽馬結果，我不想多贏，祇想贏幾百塊，好給祖父請醫吃藥。」

張鐵口捋捋白鬚，沉吟一會，說：「關於未來的事皆屬天機，非必要，不能洩漏。」

亞有繼繼哀求：「請你幫幫忙，我的祖父病得很重，再不延醫，就沒有救了！」

張鐵口低頭尋思，許久許久，才用低沉的語調說：「也好，我幫你一次忙，不過，你必須先將自己的時辰八字告訴我。」

亞有將時辰八字清清楚楚講了出來。張鐵口撥指計算，算了一陣，臉上倏忽呈露驚詫之色。

亞有問他：「明天第一場冠軍是哪一匹？」

張鐵口說：「第一場頭馬是維多利亞城；第二場頭馬是玎璫；但是第三場……」

「第三場怎樣？」亞有問。

張鐵口說：「到了第三場，你一定會將贏來的錢全部還給別人。」

亞有心想：我祇要第三場不下注，就不會將贏來錢還給別人了。於是，第二天下午，亞有興沖沖地走去快活谷，第一第二場果然全中，但是到了第三場，由於興奮過度，因心臟病猝發死去。

（發表於一九五九年十二月十日《銀燈日報》第一一一號）

趕搭渡輪

從朋友家裏打了十二圈麻將出來，已是凌晨兩點半。呂球僱計程車趕去天星碼頭。

「快點，」他說。

司機點點頭。

車子在太子道上疾馳，相當順利。折入旺角區後，來往的車輛太多，除了救火車與十字車外，其他的車輛都不能扒頭。呂球看看錶，相信車子要是能夠駛得快些，應可趕上最後一班渡輪。

「快點！快點！」

第二次，呂球作了這樣的要求。司機聳聳肩，表示車輛太多，沒法加快速度。呂球請司機改由上海街前往廣東道，然後轉去天星碼頭。

上海街的情形與彌敦道恰好相反。彌敦道車輛雖多，路面卻寬；反之，上海街車輛雖少，路面遠較彌敦道為窄。由於呂球一再催促司機快駛，結果將一個騎單車的男子撞倒。呂球很機警，連忙掏出兩塊錢，交與司機，匆匆走去彌敦道，改搭另一輛計程車。

彌敦道的車輛仍多。不止一次，呂球催促司機加快速度。司機不耐煩了，駛抵「大華戲院」

門前時，忽然停車，轉過身來，替呂球打開車門：

「先生，我不收車費，請另外僱一輛計程車。」

呂球很想與司機評理，為了趕搭最後一班渡輪，只好下車。

呂球進入另一輛計程車後，用急躁不安的口氣對司機說：

「天星碼頭！快點！」

為了避免車輛的擠迫，呂球要求司機將車子折入佐敦道經由廣東道直往尖沙咀碼頭。廣東道上車輛少，不會阻延太多的時間。

趕抵天星碼頭，恰好兩點五十五分，正是最後一班渡輪從九龍開往香港的時間。呂球下車後，奔抵售票處，見七八個人在排隊，舒口氣，產生釋然的感覺。

走上渡輪，一眼就見到老張。他對老張說：

「我的運氣還不壞，從九龍城朋友家裏出來時，已是兩點半，換了三輛計程車，居然還能趕上這最後一班渡輪。」

「這不是最後一班，」老張說，「今晚是大除夕，渡輪通宵航行！」

（發表於一九六七年二月十四日《新晚報》）

接財神

吃過團年飯，阿孔帶着孩子們到維多利亞公園去遊花市。孔太不去，因為要在家裏陪孔老太理這弄那。孔老太是個舊式婦人，過舊曆年，花樣特別多，炸油角、謝竃、回神、點香燭、燒冥鏹……儘做些沒有意義的事。到了大除夕，她的花樣就更加多了。別的不說，單是吃團年飯時，就用近似強迫的態度要兒孫們多吃「生菜」與「髮菜」。據說吃了「生菜」可以「生財」，吃了「髮菜」就可以「發財」。

阿孔帶着孩子們去行花市時，孔老太就開始「煮齋」了。這素菜等阿孔與孩子們回來時，當宵夜吃的。吃素菜時，少不免對神龕裏的瓷菩薩磕幾個頭。

對瓷菩薩磕頭的主要目的是所謂「接財神」。孔老太常常對兒孫們說：「你們能夠不愁吃不愁穿，全靠我每年在大除夕接財神！」

兒孫們對她的說法，當然不會贊同。不過，孔老太要「接財神」，他們只好讓她去接。

深夜十一點鐘敲過，阿孔已遊過花市，帶着孩子們回家。

孔老太正在「接財神」，要他們個個跪在神龕面前磕頭。

然後吃素菜，七八個人圍坐在圓桌邊。孔老太煮的齋，並不好味。孩子們在年宵市場走了幾個圈，早已肚餓，你一筷，我一匙，倒也吃得津津有味。

「等一下，要是有人送『財神』來，我給他五塊錢！」孔老太說。

所謂「送財神」，是乞丐討錢的一種方法。乞丐們利用人們的心理，在大除夕十二點鐘左右，到處去敲門，遞送寫着「財神」兩個字的紙條，向人索取利是錢。

孔老太對於這一類的事情很認真，總覺得有人走來遞送這種紙條，就是吉利的預兆。

十二點正，果然有人按門鈴。

孔老太走去應門，大聲問：「誰呀？」

外邊的人拉長嗓音答：「財神到！」

孔老太喜出望外，連忙走去拿了五塊錢，踉踉蹌蹌走去將大門啟開。

大門啟開，不見有人遞送寫着「財神」的字條。孔老太雖感詫異，依舊伸出震顫的手，將五塊錢拿給來人。

來人一共有三個，像一窩蜂，衝了進來。孔老太跌倒在地，那三個彪形大漢立刻拔出長刀，厲聲說：

「將首飾與鈔票全部拿出來！」

（發表於一九六八年二月二日《新晚報》）

年宵市場

大除夕，亞財獨個兒走去維多利亞公園逛年宵市場。香港人度歲，逛年宵是一個主要節目。逛年宵市場有很多好處：有錢人固然可以當着眾人的面，付三千元買一株桃花，炫耀他的財富；窮光蛋也可以將它當作一種免費娛樂。此外，凡是欠別人債而無法償還的人，唯恐債主上門，走去年宵市場兜一夜，元旦回家，就可安然度過難關了。——亞財就是這樣一個必須走去年宵市場避債的人。

亞財失業已有相當時日，欠別人的債雖不多；卻一直無法償清。他的生活，靠妻子替別人洗衣來維持。

抵達維多利亞公園，見到黑壓壓的人群，宛如潮水一般，湧來湧去。亞財擠入人叢後，立刻產生釋然的感覺，心中暗忖：「只要整夜不走出年宵市場，那些追債的人就不可能找到我了。」一有了這樣的想法，心情登時輕鬆起來，別人在放爆竹，他也掏錢買了幾個「龍吐珠」，走去市場旁邊，娛樂自己。亞財是個窮光蛋，原不該在過年的時候浪費金錢。不過，受了熱鬧的氣氛的感染後，他的情緒也很好。

年宵市場的面積，說小，不小；說大，其實也不能算大。縱然遊客像潮水那樣多，兜一個圈，卻要不了半個鐘頭。亞財打算在這裏消磨一夜，就不知道要兜多少個圈了。

圈子兜得一多，不免做些莫名其妙的事情。他是無意購買鮮花的；但在「Ｆ園」的攤位上看中一株桃花，就冒充闊佬，走去訊問價錢。「Ｆ園」的夥計們因為問價錢的人實在太多，只好採取有問必答的態度，根本分不清誰有購花的誠意；誰沒有。

亞財裝過闊佬後，心裏說不出多麼的舒服。因此，為了使這個逛年宵的節目不太單調起見。每一次經過「Ｆ園」的攤位，就走去訊問那株桃花的價錢。由於逛年宵市場的人實在太多，儘管亞財一再走去訊問，夥計們一直將他當作生客。

十點鐘，亞財走去「Ｆ園」的攤位問：「這株桃花多少錢？」夥計答：「三百二。」

十二點鐘，亞財走去「Ｆ園」的攤位問：「這株桃花多少錢？」夥計答：「二百六。」

一點半，亞財走去「Ｆ園」的攤位問：「這株桃花多少錢？」夥計答：「九十五。」

三點鐘，亞財走去「Ｆ園」的攤位問：「這株桃花多少錢？」夥計答：「三十元。」

清晨六點正，亞財走去「Ｆ園」的攤位，才知道「Ｆ園」的夥計們已全部離去，許多賣不掉的鮮花依舊留在那裏，任人來取。亞財定睛一瞧：那株桃花仍在晨風中搖曳，好像跟他招手。

（發表於一九六七年二月十日《新晚報》）

拜年

上午

（九點）老楊剛起身，還沒有吃早點，表哥E帶了一家大小從新界走來跟他拜年。

「昨天晚上有沒有行花市？」E問。

「有，有，買了一棵大桃花。」

「多少錢？」

「一千六。」

「不算貴，不算貴！今年桃花早開了二十日左右。」

（九點半）H商行經理L君走來跟老楊拜年。恭喜一番之後，L君問：

「有沒有發新年財？」

「昨晚行完花市回來，朋友邀我們到俱樂部去打十三張，贏了五千多元。」

「好運氣，好運氣！」

（十點零五分）Y銀行襄理M先生走來跟老楊拜年。恭喜一番之後，M先生說：

「新年假期，不到澳門去玩狗仔？」

「我本來打算到澳門去住兩天的，因為船票不容易買，祇好改變計劃，在這裏看一場足球，看幾場電影。」

（十點半）K商店的老闆老D走來跟老楊拜年，恭喜一番後，老D說：

「天時不正，忽熱忽冷。」

「是的，天時的確不正，忽熱忽冷。」

（十一點）姨丈走來拜年，恭喜一番後，姨丈大讚啤仔，說啤仔不但聰明，而且活潑，真是一個好孩子。

（十一點至一點正）五六個朋友先後走來跟老楊拜年。

下午

（兩點正）老楊帶着啤仔走去姨丈處拜年。恭喜一番後，姨丈大讚啤仔，說啤仔聰明活潑，真是一個好孩子。

（兩點半）老楊走去K商店跟老D拜年，恭喜一番之後，老楊說：

「天時不正，忽熱忽冷，很容易患感冒。」

「是的，這種天氣最容易患感冒。」

（兩點五十分）老楊走去跟Y銀行襄理M先生拜年。恭喜一番之後，老楊說：
「我記得去年過年的時候，你到澳門去看賽狗？」
「我本來打算今年也到澳門去住幾天的，因為船票難買，祇好取消這個計劃。」
（三點十分）老楊走去跟H商行經理L君拜年。恭喜一番之後，老楊說：
「發過新年財沒有？」
「昨晚打了十二圈麻將，贏了一千多。」
「好運氣！好運氣！」
（五點零五分）老楊帶着啤仔走去新界跟表哥E拜年。恭喜一番後，老楊問：
「這棵吊鐘真好！多少錢？」
「八百元。」
「不算貴，不算貴。」
（六點半）老楊回到市區，趕着走去跟別的朋友拜年。他已疲憊不堪，只是不明白為什麼要這樣做。

（發表於一九六九年二月十九日《新晚報》）

春節團拜

八位太太通了二三十次電話，終於決定一件事：到酒樓去團拜，免得大家走來走去。其實，所謂「團拜」，主要目的是打牌。八位太太都是麻將迷，無非想趁此打一場麻將。

李太是「團拜」的發起人，也是最喜歡打麻將的一個。到了約定的日子，帶着珍珍走去團拜。當她抵達酒樓時，張太已經先她而至。李太見到張太的兒子滔仔，馬上打開手袋，遞一封利市給他。那張太也打開手袋，遞一封利市給珍珍。李太當即將珍珍拉入廁所，對她說：

「將利市封拿給我！」

珍珍將利市封交給母親。李太拆開一看，尖聲叫起來：

「我封了十元給她；她卻只封五元！這下可上當了，平白無故蝕去五塊錢！」

走出廁所，其餘六位太太也各自帶着兒女相繼到達。李太前車可鑑，每封利市只封一元。好在交換利市封乃是「團拜」的次要節目。主要的節目是：打麻將。

八位太太恰好湊成兩檯。李太與張太同檯。張太牌章高，是大家都知道的。入座時，李太故意坐在張太上家，免得無牌可上。

李太手氣很壞，一直沒有食餬。四圈結束，執位，李太依舊坐在張太上家。

手氣依舊不好，輸了不少錢。李太的牌品向來很壞，贏了錢，尚且會亂發脾氣；輸了錢，脾氣更大。她常常以掌拍桌，也常常用言語咒罵麻將牌。

打到最後一圈，李太已輸去十幾「底」，脾氣壞到極點。就在這時候，她拿到一副「清一色」，又「碰」又「上」之後，終於「叫」了五八索。

牌將盡，李太急得連額角上的汗也沁了出來。她已輸去不少錢，如果能夠「食」出這一副「清一色」，就可以少輸一點。

上家打出一隻「二萬」，輪到李太拿牌。李太伸出手去，拿到一隻「五索」，喜出望外，牌還沒有翻下，就說了「滿餬」兩個字。

語音未完，坐在下家的張太竟說了一個「碰」字，要「碰」二萬。這樣一來，李太只好將「五索」放下。張太碰了「二萬」後，輪到對家拿牌。對家拿到「五索」，竟食餬了。

李太氣得臉色鐵青，將幾隻麻將牌朝張太身上擲過去。張太不甘示弱，也抓了一把麻將牌擲向李太。兩人扭作一團，打了起來。

「團拜」終於變成「團打」。

（發表於一九六九年二月二十六日《新晚報》）

文仔怎樣度春節

星期三早晨，文仔提着書包返學。放了幾天假，無心上課。當他坐在課堂裏的時候，病懨懨的，眼睛望着黑板，腦子卻在想着年糕、油角與蘿蔔糕。……

第一堂是「地理」，老師在講些什麼，文仔不知。第二堂是「作文」，國文老師扮着撲克臉進入課堂，點過名後，拿起粉筆，在黑板上寫了作文的題目：

「我怎樣度春節？」

文仔將作文簿攤在面前，揭開墨盒，用牙齒咬開毛筆時，白牙齒全部變成黑牙齒。文仔不是一個聰明的孩子，最怕作文。老師在黑板上寫下題目後，別的同學立刻提筆疾書，只有他，老是緊蹙眉尖，用筆桿搔後腦勺，搔了一陣，驀地舉起右手。老師問：

「什麼事？」

文仔站起，答話時，語調微抖：「王老師，這個題目很難做，請你另外出一個。」

「什麼？」王老師兩眼一瞪，「這個題目還說難做？你在春節做過些什麼，把它寫下來，不就是了！」

王老師的語氣，很難聽。文仔不敢再開口，只好坐下來，提起毛筆，在墨盒裏蘸呀蘸的，蘸了半天，還是一個字也寫不出。望望別的同學，個個寫得很快。

題目是：「我怎樣度春節？」誠如王老師剛才所說：只好將自己在春節做過的事情寫出來，就可以變成一篇作文了。但是，腦子似已真空，想不出在春節曾經做過什麼值得一記的事情。

過了半小時，依舊一個字也寫不出。有一個同學繳卷了，文仔憂心似焚。沒有辦法，只好咬咬牙，在作文簿上寫了這麼幾行：

「年初一。拜年，吃油角。拜年，吃油角。拜年，吃蘿蔔糕。拜年，吃瑞士糖。拜年，吃油角。

年初二。拜年，吃年糕。拜年，吃油角。拜年，吃煎堆。拜年，吃油角。拜年，吃油角。拜年，吃油角。

年初三。拜年，吃油角。拜年，吃蘿蔔糕。拜年，吃年糕。拜年，吃煎堆。拜年，吃湯圓。拜年，吃蓮子羹。拜年，吃九層糕。拜年，吃芋頭糕。拜年，吃紅豆糕。拜年，吃豆沙角。拜年，吃脆角。

年初四。不拜年，吃瀉藥。」

（發表於一九六七年二月十六日《新晚報》）

帘女

走進黑黝黝的酒帘，老李終於找到失蹤已十天的女兒亞好。

亞好原在工廠做工，因為經常與飛仔們廝混，給老李罵了幾句，離家出走。這是十天前的事情。在這十天中，老李到處打聽，只是不知道亞好到什麼地方去了。這天下午，鄰居瘦骨仙說是親眼見到亞好走進這家酒帘，老李聽了，怒火狂燃。

見到穿着「迷你裙」、搽着太濃脂粉的亞好，他放開嗓子問：

「你在這裏做什麼？」

「賺錢！」亞好的語氣冷若冰塊。

老李氣得渾身發抖，睜大眼睛望着亞好，恨不得掌摑其頰，又怕事情鬧僵，祇好將心頭的怒火壓下。

「跟我回去！」老李說。

「不回去？」亞好答。

「為什麼？」

「我願意在外邊！」

「在外邊做酒帘女郎？」老李問。

亞好陰陽怪氣答：

「是的。你講得一點也不錯。我願意在外邊做酒帘女郎。」

老李圓睜怒目，對亞好呆望一陣，情緒激動到極點，連頰肉也在痙攣牽動。

「你……你知不知羞恥？」他抖聲問。

亞好嗤鼻哼一聲，不答。

老李更加生氣了：「你……你知不知羞恥？」

亞好昂起頭來，格格作笑。她的笑聲含有濃厚的揶揄意味，使老李非常惱怒。

老李舉起手，摑亞好的耳光。

亞好掉轉身，走向位於黑暗處的盥洗室。老李追上前去，一把將她拉住，厲聲說：

「我與你脫離父女關係！從今以後，不准你回家！」

老李懷着激動的情緒，走出酒帘。穿過馬路，因為腦子仍在想着亞好，竟被一輛疾馳而來的汽車撞倒。

頭破血流，躺在車輪前。路人紛紛圍攏來，將這件不幸的事情當作戲劇觀看。

車禍就在酒帘門前發生。酒帘裏邊的人當然不會不知。亞好剛從盥洗間走出，聽說有人被汽車撞倒，好奇心起，疾步走出酒帘。

擠入人群，定睛一瞧，才知道被汽車撞倒的不幸者，竟是她的父親。

老李頭顱破碎，鮮血不斷從傷口流出，眼睛緊閉，臉色蒼白。

警察大聲問那些圍觀的路人：「誰認識他？」

沒有人開口。

亞好也不開口，祇是呆呆望着躺在車輪前的父親。

救傷車駛到。兩個男護士提着擔架牀走來，檢查一番，說了這麼一句：

「死了！」

亞好聳聳肩，走回酒帘。酒帘裏邊是黑暗的，與外邊比起來，簡直是另外一個世界。不過亞好卻喜歡這黑暗的地方。她的父親已離開人世，她不但不流淚，反而喃喃地說了這麼幾句：

「這樣就好了！從今以後再也沒有人管束我了！我願意做什麼，就做什麼！」

她笑了，笑得很大聲，彷彿有了什麼喜事似的。

（發表於一九六九年五月十六日《恆報》）

高尚住宅

這是一幢新樓，坐落在半山區，樓高八層，一梯兩伙。下面是這幢新樓的橫剖面：新樓的地下是汽車間，每一層樓有一個車位。

二樓A座的住客，姓王，沒有結婚，卻有四個子女。人們都將這個姓王的女人稱作「王小姐」。王小姐的四個子女有四個不同的姓，當他們在大廈前面的平台上吵架時，總會這樣嚷：我爸爸怎麼樣；你老豆怎麼樣。

二樓B座的住客，姓張。兩夫婦，沒有子女，卻有兩個女傭。張先生是個二十幾歲的年輕人，不務正業。張太太常常到外埠去，是個四十幾歲的徐娘。

三樓A座住着兩個女人，很親密，在大廈進進出出的時候，總像被膠水黏在一起似的。

三樓B座的住客姓李。李先生是個六十左右的老人，大小老婆住在一起，三日一小吵；五日一大吵，鄰人對她們極為不滿。

四樓A座的住客，姓屈，幾乎每晚都有人走去打通宵牌。

四樓B座的住客，姓徐。徐先生是個四十歲的中年人，有一個十歲的孩子。這個孩子返學時總有媽咪陪他等校車；但是，他的媽咪似乎相當多，常常不同。有一天，鄰人發現這孩子將女傭也喚作媽咪。

五樓A座的住客，是三個年輕女人，說是番書女，卻有很多契爺。

五樓B座的住客，姓盧，是個沉默寡言而不願與鄰居兜搭的男人。有一天，大廈入口處聚着許多人。警察將他抓去，因為他是一個毒販。

六樓A座，說是私人俱樂部，實際是秘密賭檔。

六樓B座的住客是個交際花，將交際當作一種職業，生活奢靡。

七樓A座住着一對明星夫妻，常常有人走來追債。

七樓B座的住客姓黎，獨生子因患急病而逝世，養了七八隻狗，日夜亂吠。

頂樓打通，不分AB座，由業主自用，每天晚上有人唱粵曲或唱時代曲或賭錢或大擺宴席。

（發表於一九六八年九月十一日《新晚報》）

請客

六個女人約好到中環去買東西。在幾家百貨公司兜了兩個鐘頭左右，有點累，走去餐廳喝下午茶。坐定，伙記端茶來，趙太就尖着嗓子說：

「前幾天，我在酒樓請客十二個人，吃了五百多元，菜色不錯，大家一致讚好。此外，有酒，有音樂，有表演，五百多元，不能算貴！」

說罷，臉上彷彿塗了一層油彩，油光光的，笑得眼睛瞇成一條縫。

李太扁扁嘴，尖着嗓子開口了：

「前晚，我在H夜總會請客，也是十二個人，吃了一千元！」

李太故意將「吃了一千元」五個字加強語氣說出。

張太聽了李太的話，嗤鼻哼了一聲，用鄙夷不屑的目光對李太一瞅，陰陽怪氣說：

「照說，一千元一圍酒，也不能算是便宜了，不過……」

說到這裏，低下頭去，打開手袋，取出一隻金質的煙盒慢條斯理點上一枝香煙，連吸三口，吐出一大堆煙靄：

「上星期，我們在K酒樓請客，只有十個人，埋單時，一千五百六！」

語音未完，臉上已擺出驕傲的神情，吸了一口煙，昂起頭，將煙靄噴向天花板。

這時候，陳太開口了：

「昨天晚上，我與陳先生在H酒店頂樓餐廳請客，那些客人個個很會喝酒，而且要喝一百六十元一瓶的酒，埋單時，連小賬在內，兩千五！」

陳太說出「兩千五」三個字時，語調吊得特別高，彷彿在座諸人的聽覺都不靈敏。

接着，吳太說：

「昨晚我們吳先生在W大酒樓請客，二十檯，場面很熱鬧，埋單時，連小賬是四千六百元！」

靜默。五個女人各自睜大眼睛，你望我，我望你，誰也不知道應該說些什麼。

經過片刻的靜默，沈太用自然、平靜的語調說：

「昨天晚上，有三個女朋友走來打牌。牌局結束後，一同走去大牌檔吃魚蛋粉，花了五塊多，吃得很開心。」

（發表於一九六九年三月六日《新晚報》）

金山伯

凡是認識他的人，都將他喚作棠伯。

十二歲的時候，他跟隨父母到金山去。現在，他已六十，父母早已亡故，子女亦已成家，他拿了歷年的積蓄返回香港，買一層樓，僱一個女傭。

女傭名叫亞卿，三十六歲，皮膚很白。

棠伯是個鰥夫，子女們不在身邊，物質享受雖好，生活卻極單調。親友們看出這一點，勸他續絃，他總是微笑搖頭。

有一天，棠伯站在四方凳上釘相架，不留神跌了下來，痛得難忍。亞卿聽到聲音，連忙從廚房走出，將他扶起，陪他到跌打醫生處去敷藥。

傷勢雖不嚴重，敷藥後，走路依舊一拐一拐的，必須有人攙扶。這樣一來，棠伯出街去看電影或者吃雲吞麵或者看打波，都由亞卿攙扶。

亞卿變成他的拐杖了。

過些時日，傷勢痊癒。棠伯出街時依舊要亞卿陪他。

亞卿性格內向，不大喜歡出街。有時候，棠伯要她一同去看電影或者吃雲吞麵或者看打波，她總是這樣說：

「你一個人去吧，我還有許多事情要做。」

但是，棠伯對亞卿的依賴日甚一日。亞卿不在他身邊，他就會像浮萍那樣，產生無依無靠的感覺。

那是一個星期六的下午，亞卿接到一封信，說她的母親患重病，要她即刻回鄉去一次。亞卿回鄉後，棠伯才知道他是多麼的需要亞卿。因此，當亞卿從鄉下回到香港時，他送了一條項珠鏈與一對金鈪給她。

「為什麼？」亞卿感到意外。

「沒有什麼，」棠伯說。

「我在這裏做工，每個月有薪水拿，為什麼還要送貴重的禮物給我？」

棠伯祇是說了這麼一句：「你收下吧。」

這天晚上，氣候驟變，轟雷掣電，棠伯躺在牀上轉輾反側，怎樣也無法入睡。一骨碌翻身下牀，穿着拖鞋，躡手躡足走去工人房，伸出手，將虛掩着的房門推開。

亞卿從睡夢中醒轉時，發覺棠伯的手放在她的胸脯上。

「做什麼？」亞卿問。

棠伯說了許多表達心意的話；亞卿怎樣也不肯依從他。在這種情形下，棠伯祇好提出一些物質的保證了。他答應送亞卿五千元；但是，亞卿的要求更高。棠伯需要亞卿甚於一切，祇好頷首答應。這樣，棠伯與亞卿建立了曖昧關係，亞卿終於從女傭變成一家之主。

棠伯盡量設法在物質上滿足亞卿的要求，亞卿仍不饜足。

當亞卿對棠伯說她已有身孕時，棠伯高興得像一隻剛下水的鴨子。不過，這種喜悅是需要付出代價的；而且代價相當高。他與亞卿去銀行開了一個聯名戶口；同時還聯名租了一個保管箱。這樣，亞卿隨時有權動用棠伯的錢財。

棠伯對亞卿有充分的信任。當他病倒在醫院裏的時候，這種信任仍未動搖。出院回家，意外地發現亞卿不在家，連皮箱也拿走了。棠伯走去銀行，才知道銀行裏的存款已被亞卿提清；而保管箱裏的飾物也全部被亞卿拿走。

這一天晚上，他接到亞卿打來的電話。

「有一件事忘記告訴你，」她說，「我沒有懷孕！」

棠伯眼前一陣昏黑，暈厥。

兩個月後，他回金山去洗碗了！

（發表於一九六九年五月三十一日《恆報》）

搭檯

茶樓有很多茶客，嘈雜不靜。我獨自一個人坐在卡位裏閱讀報紙，他走來了。他問：「可以搭檯嗎？」我點點頭。他坐下後，向夥計要了一壺壽眉。我繼續閱讀報紙，他就用裂帛似的聲音對我說：「茶樓的生意真好，家家滿座，開多幾家也不會沒有生意。先生，你貴姓？」我不答。接着他又問：「先生，你是做什麼生意的？」我依舊不答。他就加強語氣說：「我姓麥，我叫麥財，阿媽叫我亞財，老婆叫我老麥，隔鄰的孩子們叫我財叔；朋友們叫我肥佬麥。我以前也在茶樓做夥計，沖茶的手勢比現在那些後生熟練得多。那時候，我的入息不錯，只因喜歡賭外圍馬，偷了部長的現款，事情揭穿，被炒魷魚！」……說到這裏，他不再往下說了。我舒口氣，將報紙高高擎起，集中精神去閱讀報紙，免得他繼續嚕囌。可是，剛讀了兩行小字，他又嘮嘮叨叨的講話了：「許多人反對賭外圍馬，我的看法卻不同。像我這樣的窮人，賭錢固然窮；不賭也不會富。所以，我是不反對賭錢的。我的老婆最反對賭錢，為了這件事，不知道跟我吵過多少次。我總不肯接受她的勸告。我認為：賭外圍馬必須抱定一個原則：刀仔鋸大樹。換一句話說：就是用小錢去博大錢。這是最精的賭法。我一直採取這個原則。問題是：運氣不來，一點辦法也沒有，先生，你說我這話講得有沒有理由？」……他提出這個問題，我依舊沒有答覆，祇是將報紙擎得高高的，遮住我的面孔，免得他繼續嘮叨。可是，他還是不肯停口。他說：「兩年前，我曾經中過一條溜拿過三關，五塊錢，贏了一千多。不過，我這個人實在荒唐，贏了錢，就該交給老婆才對。我卻不這樣做，竟拿了這筆錢走去澳門，希望能夠……」他越講越長氣，使我感到極大的厭煩。此時，夥計端乾炒牛河來，是我叫的。為了塞住他的口，就將乾炒牛河推在他面前，請他吃。他很老實，居然不加拒絕。我以為這樣一來，他就可以少講些話了；殊不知夾了一箸河粉在口中後，他又嘮叨起來了：「到了澳門之後，就去賭場賭番攤。起先，運氣還不壞；後來，連輸七注，將身上的一千塊錢全部輸清。我心猶不甘，就將手錶拿去大押，準備……」聽到這裏，我更加不耐煩了，高高舉起報紙，表示不願意聽他講話，想不到他卻伸出手，奪去我的報紙，繼續說下去：「將手錶拿去大押，準備到賭場去再博……」聽到這裏，我再也無法忍耐，立即吩咐夥計埋單。

（原載一九六七年二月二十五日《新晚報》）

一九六九年的彗星

十八歲的蓮蓮，人見人愛。認識她的人都說她美麗；尤其是她母親黃太，祇要有人提到蓮蓮，就會笑得眼花沒縫：

「蓮蓮要是有機會進入電影圈去拍片，一定可以成為大明星。」

為了實現這個願望，黃太千方百計鑽進電影圈去。

她帶蓮蓮去見X電影公司的老闆。

X電影公司老闆說：「蓮蓮的眼睛太小。」

她帶蓮蓮去見W電影公司的老闆。

W電影公司的老闆說：「蓮蓮的臉型太長。」

她帶蓮蓮去見H電影公司老闆。

H電影公司的老闆說：「蓮蓮太瘦。」

她帶蓮蓮去見K電影公司老闆。

K電影公司的老闆說：「蓮蓮的側面並不美麗。」

一連碰了四個釘子，黃太再也沒有勇氣去見別的製片家。雖然在她的心目中，蓮蓮依舊是最美麗的動物，她的信心卻因此有點動搖了。事實上，美麗的少女這樣多，能夠坐上明星寶座的，終究祇有少數幾個。

有一天，黃太帶蓮蓮去參加一個遠親的婚禮。在婚筵上，結識了一個名叫阮藝的男人。

「你的女兒長得這樣漂亮，想不想拍電影？」阮藝問。

「拍電影？」黃太嘆口氣，「別提啦！」

「為什麼？」阮藝問。

黃太將碰釘子的經過事情，一五一十，講給阮藝聽。阮藝當即取出一張名片，遞給黃太。黃太察看名片，才知道他是台灣一家電影公司的總經理。

「說起來，你也許不相信，」阮藝說，「我此番走來香港，不為別的，就是想發掘新人。我認為蓮蓮具備大明星的條件，她要是有興趣拍片的話，跟我到台灣去。」

聽了這一番話，黃太與蓮蓮都很興奮。第二天，母女兩人走去與阮藝見面，詳談合約細節。阮藝答應在第一部電影中就讓蓮蓮獨當一面，擔任女主角。

一個星期過後，老阮回台灣。

半個月過後，黃太帶蓮蓮到台灣去拍片。

五個月過後，片子殺青，黃太帶蓮蓮從台灣回到香港。

蓮蓮已經是個電影明星了；但是香港的報章雜誌很少提到她。

當蓮蓮主演的「天仙女俠」在香港公演時，人們才知道有個新星名叫蓮蓮。

圈內人都說：「這部由新人主演的『天仙女俠』決不會受人歡迎，最多映三天，就會割畫。」

事實與圈內人的看法並不一致。「天仙女俠」公映第一天的賣座成績很差；第二天就好了起來，到了第三天，居然全線報捷，幾乎每一場都滿。

蓮蓮紅了，紅得發紫。報章雜誌都以顯著地位刊登她的圖片以及有關她的文字。有一位娛記甚至將蓮蓮稱作「一九六九年的彗星」。

X電影公司老闆派人與黃太接洽，邀蓮蓮拍片。

W電影公司老闆派人與黃太接洽，邀蓮蓮拍片。

H電影公司老闆派人與黃太接洽，邀蓮蓮拍片。

K電影公司老闆派人與黃太接洽，邀蓮蓮拍片。

黃太喜不自勝；但是蓮蓮卻說：「我決定退出電影圈了！」

「什麼？」黃太問，「你這話什麼意思？」

蓮蓮答：「今天早晨，接到阮藝從台灣寄來的信。他在信中向我求婚；並說：如果我肯嫁給他的話，今後就不再拍片！」

（發表於一九六九年五月二十五日《恆報》）

同學

1

放學回家，亞牛老是獃磕磕的坐在那裏，皺緊眉頭，好像有什麼心事似的。阿媽在山邊洗完衣服進來，一邊用衣角抹乾濕手，一邊問：

「亞牛，怎麼啦？」

亞牛搖搖頭，說：「沒有什麼。」

阿媽挪前一步，坐在牀沿，問亞牛：「是不是學校又要買什麼東西？」

「不是。」

「既然這樣，為什麼愁眉不展？」

「明天——」亞牛說，「明天是星期日，也是周文龍的生日。」

「周文龍？銀行董事長的兒子？」

「是的，他與我是同班同學。今天下了歷史課，他對我說：『亞牛，明天到我家裏來吃蛋糕！』我說：『你住在渣甸山，我住在筲箕灣，阿媽不會放我單獨出來。』他說：『亞牛，我們是好朋友，明天是我的生日，別的同學都來，你怎麼可以不來？』我點點頭，沒有再說什麼。阿媽，你肯不肯讓我到周文龍家裏去參加他的生日派對？」阿媽尋思久久，說：「亞牛，你從來沒有去過渣甸山，說不定會迷路。」

「不，」亞牛說，「不會的。我今年已經十二歲了，再說周文龍畫了一張地圖給我，絕對不會迷路。」

「但是，」阿媽說，「你一個人去，我不放心。」

「阿媽，周文龍是我的好朋友！」

2

星期日下午，落雨。阿媽沒有到山邊去洗衣，坐在牀沿替亞牛補襯衣。亞牛祇有兩件白襯衣，領口都破了。阿媽說：「番鬼佬穿襯衣有一個原則，領口破爛不要緊，最重要的是：襯衣必須洗得乾淨。」阿媽專替別人洗熨，洗出來的衣服，真如新的一般。但是亞牛說：「今天是周文龍的生日，不能穿着破破爛爛的襯衣去參加派對。」

於是阿媽將針線拿了出來，補織襯衣上的破爛處。

「亞牛，外邊正在落雨，你又沒有雨衣，怎麼能夠走去渣甸山？我勸你還是在家裏耽一天吧。」阿媽說。

「阿媽，」亞牛說，「周文龍是我的好朋友！」

3

坐在巴士上，亞牛一直露着微笑。

按照周文龍畫給他的地圖，下車，沿着斜坡行走。雨勢轉大，猶如皮鞭般打在他的身上。亞牛心熱似火，對於雨的侵襲，毫無感覺。

找到周家，原來是一幢建築在半山的花園大洋房，亞牛按門鈴，裏邊傳出一陣犬吠聲。接着，大門啟開，有個男傭人打着雨傘走來，問：「找誰？」

「找周文龍。我叫亞牛，是他的同學。今天他開生日派對，他邀我來參加。」男傭人對他打量了一番，將他引入客廳。

客廳裏擠着不少人，大部是亞牛的同學，個個穿得整整齊齊，彷彿根本沒有淋過雨。周文龍見到亞牛，興高采烈迎上前來，說：

「來，亞牛，你還沒有見過我的母親。」周文龍的母親站在唱機旁邊，正在指揮傭人們弄這弄那。亞牛見到她時，很有禮貌叫了一聲：「伯母！」周文龍的母親聽到聲音，轉過身來，兩隻眼睛登時變成兩盞探照燈，在亞牛身上不斷掃射。

「他是誰？」周文龍的母親問。

「他叫亞牛，我的同學，」周文龍答。

「亞牛？我們前晚開列名單的時候，沒有亞牛這個名字！」

亞牛聽了，自尊心受到傷害，撥轉身，疾步奔出大門，冒雨直向巴士站奔去。

巴士站附近有一家理髮店，門口有一面長長的鏡子，亞牛對鏡子裏的自己一瞅，終於了真正的覺醒。鏡子裏的亞牛，簡直像隻落湯雞，濕濕的頭髮貼着額角，那件破爛的襯衣猶如一張油紙黏在身體上；但是最糟的還是那對破皮鞋，走路時會發出吱吱的聲音。

「我沒有資格做周文龍的朋友！」他想。

（發表在一九六四年十月二十八日《快報》）

發生在清晨的慘事

上

吃早餐時，近似吵架的聲音從貼鄰的大廈傳來。接着，一個女人高聲叫喊「救命」，使葉氏夫婦感到事情的嚴重性。老葉放下手裏的咖啡杯，疾步走去騎樓觀看究竟，葉太則跟在他後面。當他們走出騎樓的時候，聽到驚心動魄的玻璃破碎聲。

站在騎樓上，老葉低頭俯視，不由猛發一怔：一個女人，上身祇戴胸圍，下面穿黑色的三角褲，沒有鞋，仰臥在大廈的平台，成了「大」字形。她的頭顱已破碎，額角有許多鮮血流出。

「一個女人……」老葉說。

「怎麼樣？」葉太問。

「可怕極了，你還是不要看的好。」老葉說，「一個女人跳樓，流出很多血。」

葉太雖然膽小，聽了丈夫的話，好奇心起，低頭俯視。當她見到那可怕的女體時，嚇得目瞪口呆。

「這是麼麼一回事？」老葉問。

葉太當然不會知道，衹能就見到的情形作了這樣的猜測：

「也許是夫妻吵架，這個女人因憤怒而失去理性，跳樓。」

「不像是夫妻吵架，」老葉說，「第一她上身沒有穿衣服；第二，剛才我們還聽到喊救命的聲音。」

葉太皺緊眉頭，尋思一陣，又作這樣的猜測：

「會不會劫財劫色？」

老葉不說什麼，衹是睜大眼睛觀察那幢大廈的每一個窗戶。他發現二十樓有一個窗戶沒有玻璃。

這時候，鄰近幾幢大廈的住客都探首窗外，觀看究竟。

稍過些時，警車與救傷車來了。警察在現場作了必要的調查。兩個男護士用灰色的毯子將女體包裹後，抬上擔架牀。警車與救傷車離去後約莫過了一刻鐘左右，兩個提着照相機的男人走來拍攝現場的情形。他們找到了一對鞋子。老葉說：「這兩個男人大概是新聞記者。」

回入客廳，兩天婦繼續吃早餐。葉太吃不下。

「這究竟是怎麼一回事？」她問。

「晚報一定會刊出這件慘事的詳情，」老葉說。

中

傍晚時分，老葉買了幾份報紙回家。每一家報紙都有關於這件事的記載，不過，各報的報道頗有出入。

一張報紙說：「……死者由家裏致電已返工的丈夫，說要前往××大廈二十二樓探望親戚，不久，即發生此宗意外。……」

一張報紙說：「……一名衣着入時的摩登女郎，今晨八時許單獨前往××大廈二十二樓探望親戚，忽然墮下身亡。」

一張報紙說：「……一名五十六歲婦人在××大廈二十二樓墮下，在送抵醫院時已證實死亡。她是偕同司機前往上址的。……」

一張報紙說：「……死者今晨偕同丈夫前往××大廈找契娘出外品茗，突然打開窗花，躍下樓去。據說死者是精神病患者。……」

下

第二天，老葉遇到大廈的管理員，才知道事情是這樣的……

一個五十歲左右的婦人，昨晨八時許，前往××大廈二十二樓探望親戚，準備出外飲茶。那親戚更換衣服時，她打開窗花要跳樓了。那親戚見此情形，一邊大喊救命，一邊上前制止，結果祇拉到衣服，婦人墮樓時變成半裸。她的腳，踢碎了二十樓的玻璃窗。

（一九六九年十月二十三日發表於《恆報》）

商人

老周不是一個有錢人。

結了婚，在綢緞公司做工。綢緞公司是他岳父開設的。

岳父患急病死去，老周成為綢緞公司的老闆。

老周做了綢緞公司的老闆後，生意越來越淡。

周太焦急異常，對老周說：「阿爸在世時，公司一直是賺錢的；現在，你當了老闆，公司的生意越來越淡，不但沒有錢賺，而且還要蝕本，這樣下去，總不是一個辦法。」

老周聳聳肩：「我的做法，與你父親在世時的做法完全一樣。他能賺錢，我不能賺錢，什麼道理，我不明白。」

「時代不同了，用舊方法做生意，不可能賺錢。」周太說。

「你有什麼新辦法？」老周問。

「我沒有什麼辦法；不過，別家綢緞公司都賺錢，祇有我們蝕本，這就證明我們的做法不對。」

老周拿不出新方法，綢緞公司繼續蝕本。情形一天比一天差，使周太憂心如焚。

「這樣下去，總不是一個辦法，」她對老周說，「不如將綢緞公司頂給別人吧！」

老周既然不善經營，將綢緞公司頂給別人，不但可以不再虧本，而且還有一筆整數可收。老周需要這筆錢用。

於是將綢緞公司頂給一個姓唐的。

老唐將這家綢緞公司頂下後，立刻找出老周失敗原因：老周將價格定得太高，使顧客們都走到別家綢緞公司去買貨了。

因此，為爭取顧客，老唐將所有貨品的定價全部減低，打七折。

剛減價的時候，生意頗有起色，不但不再蝕本；而且還有錢賺。老唐沾沾自喜，常常對夥計說：

「那老周不善經營，蝕去不少錢；由我接辦，情形馬上不同。」

過些時日，綢緞公司的生意又不好了。老唐這才認真焦急起來，祇好再來一次大削價。

由於同行競爭太烈，老唐雖然採取「薄利多賣」的方針，刺激了一個短期，結果還是蝕本。

沒有辦法，祇好將綢緞公司頂給一個姓馬的。

老馬將這家綢緞公司頂下後，情形果然不同，生意一天比一天好，凡是想買綢緞的人，十個倒有七個會走到老馬的綢緞公司選購。

不足一年，老馬賺了幾十萬。

為了擴充營業，老馬在港九各地一連開設三家綢緞公司。

有一天，老周在皇后大道中遇見老唐，談起老馬的情形，兩人好奇心起，決定走去綢緞公司找老馬。

「我們兩個人開設這家綢緞公司都弄得焦頭爛額，你怎麼會做得這樣發達，」老周問。

老馬笑嘻嘻地說：「我的做法很簡單，把每尺五塊錢買進來的貨品，用每尺五塊錢的價錢賣出去。」

「這樣，你怎麼能夠賺錢？」老唐說。

老馬笑嘻嘻地答：「也許你們還不知道，我這裏的縫工特別貴！」

（發表於一九六九年六月十三日《恆報》）

包租婆與二房客

儘管高樓大廈一幢繼一幢落成，香港的房荒仍未解除。

鄧榮夫婦，膝下祇有一個孩子，想申請健康村之類的樓宇，不夠資格。

沒有辦法，祇好向別人租一間梗房。

在銅鑼灣的一幢大廈裏，鄧榮以每月二百元的租金，租到一間一百呎的梗房。

這梗房除了有一個南窗外，並無其他好處。鄧太嫌租金太貴，鄧榮認為向南的房間不易找。

在繳付按金與上期之前，有幾個小問題要講講清楚。鄧榮說：「這個房間的牆壁實在太不像話，在我們搬進之前，替我們髹一次灰水，好不好？」

包租婆二姑搖搖頭，表示不負責髹灰水。

鄧榮說：「既然這樣，我們不租了。」

二姑心中一慌，立刻答應鄧榮的要求。

然後走去客廳，鄧榮說：「如果我們有朋友來的話，能不能借用你們的客廳？」

二姑搖搖頭，表示客廳不能公用。鄧榮說：「既然這樣，這個房間我們不要了。」

二姑心中一慌，立刻答應鄧榮的要求。

然後走去沖涼房，鄧榮說：「我每天早晨八點半就要出門返工，早晨七點半至八點半這一個鐘點，沖涼房歸我用，別人不能霸佔。」

二姑搖搖頭，表示不能這樣做。

鄧榮說：「既然這樣，這個房間我們不要了。」

二姑心中一慌，立刻答應鄧榮的要求。

然後走去廚房，鄧榮說：「我們需要兩個火水爐的位置。」

二姑搖搖頭，表示不能這樣做。

鄧榮說：「既然這樣，這個房間我們不要了。」

二姑心中一慌，立刻答應鄧榮的要求。

事情這樣決定，鄧榮繳了一個月按金與一個月租金。第二天，就搬了進去。

鄧太走入廚房，想放兩個火水爐，但是祇有一個火水爐的位置，向包租婆交涉，包租婆說：「我留給你們兩個火水爐的位置，但是你們的火水爐太大，我有什麼辦法？」

鄧太很生氣，將此事告訴鄧榮，鄧榮僱一個木工來，在牆壁上搭一個大木架，按放另一隻火水爐。

第三天早晨，鄧榮要用沖涼房，但是從七點半至八點半之間，沖涼房的房門始終緊閉着。鄧榮走去向包租婆交涉，包租婆聳聳肩說：

「我的兒子吃了不潔東西，瀉肚，我有什麼辦法？」

鄧榮一氣，到街市去買了一隻木製的便桶，放在沖涼缸門口，當眾大便。

晚上，鄧榮的孩子小明走入客廳，被包租婆趕了出來。小明哭得上氣不接下氣，說包租婆太無禮貌。鄧榮一氣，悻悻然走去交涉：

「租屋時不是跟你講得清清楚楚的，這客廳大家公用？」

二姑理直氣壯答：「租房時講明你有客人來的時候公用，並沒有講明給你的孩子走出來亂坐！」

鄧榮語塞了，圓睜怒目，對二姑望了一陣，提出另外一個問題：

「我們走來租屋時，講明由你僱人替我們髹灰水的，為什麼不髹？」

包租婆扁扁嘴，沒好聲氣說：「房間是你們住的，為什麼要我出錢替你們髹灰水？」

鄧榮氣得臉色鐵青，尋思一陣，問：「如果我們自己出錢僱人來髹灰水，你肯不肯同意？」

包租婆牽牽嘴角，露了一個勝利的微笑，說：「如果你們自己出錢的話，我當然不會反對。」

第二天，鄧榮僱了兩個油漆匠來，將這間梗房的牆壁全部髹成黑色！

（發表於一九六四年十月二十一日《快報》）

意想不到的事

那時候，趙氏夫婦與他們的孩子啤仔向林家租一間梗房。

有一天，啤仔與林家的兩個孩子打架，額角打破了。趙太對老趙說：

「這裏住不下去了，還是搬吧。」

「搬去什麼地方？」老趙說，「過去，我們向錢家租房住的時候，還不是因為啤仔與錢家的孩子打架，才搬到這裏來的？」

「依我看來，向別人租房住總不是辦法。現在到處是新樓，不如租一層樓，自己包租，免得受別人的氣。」趙太說。

老趙同意妻子的看法，馬上拿起日報，查閱分類廣告。

在尖沙咀區租了一層新樓，面積四百呎，兩房一廳。趙氏夫婦決定將那間較大的梗房分租出去。

老趙走去報館刊登分類廣告。

廣告刊出後，有一對姓歐陽的夫婦走來租房。他們有一個兒子，名叫亞森。

「這樣就好了，」趙太對老趙說，「我們這層樓的大租是三百六，現在將那間梗房租給歐陽夫婦，每個月可收一百八十元租金，我們的負擔比過去向別人租房時更輕！這個算盤打得不錯。」

老趙點點頭：「是的，這個算盤打得不錯。」

過了一個月左右，啤仔與亞森為了爭奪一隻洋娃娃，打得頭破血流。由於兩個孩子的吵架，使趙氏夫婦與歐陽夫婦也吵了起來。結果，歐陽夫婦決定搬走了。

歐陽夫婦搬走後，趙太對老趙說：

「這一次，我們刊登廣告時必須註明『歡迎無孩夫婦』！」

老趙同意妻子的建議，走去報館刊登廣告時，註明「歡迎無孩夫婦」。廣告刊出後，走來看房的人不少，都是有孩子的。趙氏夫婦立定主意：除非無孩夫婦，否則，寧願將那間梗房空置。

好不容易來了一對無孩夫婦，姓徐，對那間梗房相當滿意，祇是嫌租金貴些。趙氏夫婦當即將租金減少二十元。

徐氏夫婦的感情並不好，搬進來之後，三日一小吵，五日一大吵，將吵架當作吃飯，彷彿不吵就無法生存似的。

他們常在半夜三更吵架。趙氏夫婦常在半夜三更被他們吵醒。日子一久，老趙忍無可忍，對妻子說：

「這樣下去，總不是一個辦法，還是叫他們搬吧。」

趙太點點頭，事情就這樣決定。

徐氏夫婦搬走後，趙太對老趙說：

「這一次，我們應該在召租廣告中註明『歡迎單身士女』。」

老趙同意妻子的建議，走去報館刊登廣告時，註明「歡迎單身士女」。

廣告刊出後，有個姓楊的單身男子走來租房。他的經濟情形似乎相當不錯，趙氏夫婦索取一百八十元的租金，他就付了一百八十元。

「這樣就好了，」趙太對老趙說，「從此不再為那間梗房的事傷腦筋了。」

但是，事情並不如趙太想像中那樣單純。那姓楊的單身男子搬來後，幾乎每晚都帶着不三不四的女人回來。

沒有辦法，祇好叫他搬走。

「這一次，」趙太對老趙說，「我們必須將那間梗房租給單身女子！」

廣告刊出後，有一個濃妝艷服的單身女子走來租房。趙氏夫婦認定這是理想的房客，寧願減低租金，將那間梗房租給她。

一個月過後，趙太終於叫那個單身女子搬走了。理由是：她在無意中發現老趙與那個女房客在樂宮戲院看電影！

（發表於一九六九年六月三日《恆報》）

雙喜

我十四歲的時候，在學校裏打籃球，不留神跌斷腿骨，在醫院裏躺了半個多月，出院後，仍需臥牀休養，不能落地走動。

對於一個十四歲的男孩子，成天躺在牀上，是一件無法忍受的事。

母親買了一隻洋娃娃給我；但是我的年齡使我對洋娃娃不感興趣。父親買了一些《小朋友》與《兒童世界》來，放在枕頭旁邊，給我翻閱。但是，我沒有心情閱讀書報雜誌。「那麼，你想要些什麼？」父親問我。我說：「我希望有一隻狗，一隻鬈毛的獅子狗。」

父親點點頭，露了一個安慰的笑容。第二天傍晚，父親從寫字樓回來，沒有進門，我就聽到狗的吠叫聲。

那是一隻黑白相間的獅子狗。

牠的右眼是白色的；但是左眼卻是一堆黑毛，看起來有點像馬戲班裏的小丑，非常有趣。

「你替牠取個名字，」父親說。

我想了想，說：「叫牠雙喜吧。」

「為什麼？」父親問。

「我希望牠能夠帶給我兩件喜事。」

「哪兩件？」

「第一，使我早日痊癒；第二，帶給我一個妹妹。」

父親哈哈大笑，不說什麼。雙喜忽然跳到我的懷中，搖着尾巴討我歡喜。

從這一天開始，有雙喜作伴，躺在牀上，不再覺得苦悶。

三個月過後，傷勢完全痊癒。我常常帶着雙喜到公園裏去散步。就在這時候，父親忽然笑嘻嘻走來對我說：「雙喜果然帶來了另外一件喜事。你……你就要做哥哥了！」

一點也不錯，雙喜進門後，家裏的氣氛完全不同。有時候，父親在外邊受了閒氣回家，悶悶不樂地坐在沙發上，雙喜就會跳到他的懷中，逗他高興。

日子一久，雙喜就變成我們家中的一員了。妹妹出世後，我必須自己住一個房，不能與父母睡在一起。母親將雙喜睡的竹籃放在我房中，用手指點點雙喜的鼻子，對牠說：「雙喜，小少爺怕黑，晚上你陪他一起睡！」

雙喜聽了，將尾巴搖得如同搏浪鼓一般。

天氣轉涼，由於我的睡相不好，常常將覆蓋在身上的毯子跌落在地。有一天早晨，吃早餐時，父親對我說：「昨天晚上，我們睡得止酣，雙喜走來用前爪抓門。當時，我很生氣，罵了牠幾句，牠將尾巴垂得低低的，帶我走進你的房間。那時候，我才知道錯怪牠了。因為你的毯子跌落在地上。」

雙喜就是這樣有靈性。

牠變成我家的一員，已有十二年。不知不覺間，牠的黑毛逐漸變成灰白，不但走路時，跌跌撞撞，甚至有人按門鈴時，叫聲也不若過去那麼嘹亮了。有時候，逢到氣候驟變，牠會垂頭喪氣地躺在竹籃裏，發出嗚嗚的聲音。

「雙喜老了，」我說。

「是的，雙喜老了，」父親說。

上星期六，晚上十一點，我們全家都已上牀。雙喜搖搖擺擺走入父母房內，發出一連串嗚嗚的聲音，同時不很靈活地搖搖尾巴。

然後，牠走去妹妹的牀邊，豎起身子，將前腳搭在牀沿，望望熟睡中的妹妹，伸出舌頭，舐了幾下她的手。然後牠回進我的臥房，吃力地豎起身子，將前腳搭在我的牀上，發出嗚嗚的聲音。我正在閱讀晚報，聽到聲音，本能地伸出手去撫摸牠的頸部。

然後牠走去自己的竹籃，睡了。

第二天早晨，我起身時，雙喜仍在睡覺。我走到牠面前，用責備的口氣對牠說：「貪睡鬼！現在是什麼時候了，還不起身？」

但是，雙喜已不能動彈，因為牠已斷氣。

我止不住刻骨的悲瘦，哭得非常哀慟。父親走進來，見到這種情形，嘆口氣，說：「昨天晚上，牠知道牠已不能再跟我們在一起了！」

（發表於一九六四年十月五日《快報》）

經理

在寫字樓裏

王經理在寫字樓的時候，即使有天大的喜事，也不露笑容。這天早晨，當他進入寫字樓時，臉上的表情很難看，彷彿吃飽了生米飯似的。

「麥少泉，到經理室來！」他說。

在經理室裏，王經理打開公事包，將一疊信紙擲在麥少泉面前，兩眼一瞪，咆哮如雷：

「這是你寫給打字員韋美玲的情書？」

麥少泉見到那一疊自己寫的信，臉孔登時脹得緋紅，低下頭，悶聲不響。王經理臉一沉，用雞啼般的聲音重複剛才問過的問話：

「你說！這是不是你寫給韋美玲的情書？」

麥少泉點點頭。

「你怎麼可以做出這種事情？」王經理繼續咆哮如雷，「人家韋小姐是個規矩人，你怎麼可以寫這麼多充滿猥褻字句的情書給她！你說，用這種方法欺侮女同事，應該受什麼樣的處分？」

「我……我沒有欺侮她，」麥少泉說，「我只是向她求愛。」

「不必多說！到會計處去領薪水吧！我已吩咐他們加發一個月薪水給你！」

在家裏

王太對王經理說：「秋天來了，你拿點錢出來，讓我替孩子們做幾件秋天穿的衣服。」

王經理答：「不需要。」

王太對王經理說：「中環有一家大公司新近到了許多新家具，我想買一張寫子檯，給孩子們做功課。」

王經理答：「不需要。」

王太對王經理說：「我們那隻洗衣機用手搖的，很舊式，不如買一隻新的洗衣機。」

王經理答：「不需要。」

王太對王經理說：「姨媽剛才走來找我，說是有點急用，想將一隻玉鐲賣給我們。你的意思怎麼樣？」

王經理答：「不需要。」

在交際花家裏

交際花李莉將王經理送給她的那隻白金手錶往沙發上一擲，怒氣沖沖地：

「誰要這種東西？你答應送鑽戒給我的，為什麼不陪我去買？」

說到這裏，抽抽噎噎哭泣起來。王經理最怕李莉流淚，忙加勸慰。但是，李莉哭得更加悲傷。沒有辦法，王經理說了這樣幾句：

「好了，好了，下星期一，我一定陪你到珠寶店去買一隻大鑽戒。」

李莉聽了這話，不由心花怒放：不過，為了掩飾窘態，她要王經理自打耳光。王經理居然像小丑那樣，拍拍打了自己兩下。李莉猶嫌打得太輕，要他重打。

（發表於一九六七年十月九日《新晚報》）

風言風語

1

「老王，告訴你一件事情。」

「什麼？」

「溫志雄上個月帶妻子兒女到澳門去度假，在『澳門皇宮』賭輪盤，居然贏了五千元。走出來時，因為過度與奮，不留神，跌了一跤，額角擦破，流了不少血。」

2

「老陳，告訴你一件事情。」

「什麼？」

「溫志雄上個月帶他的情婦到澳門去度假，在『澳門皇宮』賭番攤，贏了一萬元。」

3

「老馮，告訴你一件事情。」

「什麼？」

「溫志雄上個月帶他的情婦到澳門去度假，在『澳門皇宮』賭大小時贏了三萬元，走出海傍街，身上的現款竟被一個扒手全部扒去！」

4

「老周，告訴你一件事情。」

「什麼？」

「溫志雄帶情婦到澳門去，在『新花園』贏了五萬元，返回酒店的途中，被三個彪形大漢，打得頭破血流。」

5

「老李，告訴你一件事情。」

「什麼？」

「溫志雄帶情婦到曼谷去尋歡作樂，結果被幾個黑人物打得頭破血流。」

6

「老張，告訴你一件事情。」

「什麼？」

「溫志雄到新加坡去接洽商號，結識一個馬來女人，正在酒店裏如膠似漆時，那個馬來女人的丈夫忽然走來將他毒打一頓！」

7

「老孫，告訴你一件事情。」

「什麼？」

「溫志雄在吉隆坡勾引良家婦人，被人打得半死不活，幸而及時送去醫院，要不然，真是不堪設想了。」

8

「老錢，告訴你一件事情。」

「什麼？」

「溫志雄以考察商業的名義，到義大利去玩女人，成天吃吃喝喝，玩得非常高興。有一天，在酒會結識一個放浪不羈的貴婦，因為想嘗異味，施出混身解數，弄得那位貴婦神魂顛倒。貴婦為了討他喜歡，送十萬元美金給他，要他長居羅馬，不再返回香港。溫志雄捨不得妻子兒女，怎樣也不肯答應。那貴婦實在喜歡志雄，因此又加十萬，他依舊搖頭拒絕，結果被人揍了一頓，弄得非常狼狽。」

9

「老趙，告訴你一件事情。」

「什麼？」

「溫志雄在蒙脫卡羅結識一個法國貴婦，一同前去賭場，贏了十萬美金。」

「不，不，你弄錯了，」老徐說，「事情的主角不是溫志雄，而是周志強！地點在美國的拉斯維加斯，並不是蒙脫卡羅！他沒有贏到十萬美金，他在賭輪盤的時候輸了三萬五！」

（發表於一九六四年九月二十八日《快報》）

崔鶯鶯與張君瑞

張君瑞用手背掩蓋在嘴前，連打兩個呵欠。

崔鶯鶯也用手背掩在嘴前，連打兩個呵欠。

「該上牀休息了，」張君瑞想。

「該上牀休息了，」崔鶯鶯想。

這是春夜。月光照得芭蕉葉上的露水晶瑩發光。

庭院裏，雄貓終於找到雌貓，咪咪咪，看得鶯鶯兩頰發燒，心似貓爪亂抓般難受。

崔鶯鶯想：「現在應該上牀休息了。」

撥轉身，冉冉走去牀邊，一屁股坐在牀沿，將左腿擱在右腿，脫去左腳的繡花鞋；然後將右腿擱在左腿上，脫去右腳的繡花鞋。

張君瑞再一次用手背掩蓋在嘴前，連打兩個呵欠。

崔鶯鶯用纖纖玉指脫去衣服，那雪白粉嫩的胴體，立刻發出一種迷人的香味。

她幾乎沉迷在自己的體臭中，橫在牀上，用被窩覆蓋胴體。

張君瑞撥轉身，三步兩腳，走去牀邊，一屁股坐在牀上，脫去鞋子。

鞋子剛脫去，忽然想起一件事沒有做妥，重新趿着鞋子，匆匆走去廁所解溲，躡足回房。

再一次用手背掩着在嘴前，頻頻打呵欠。然後解開衣鈕，將身上的衣服全部脫去。

雄貓在庭園裏咪咪叫。

雌貓也在庭園裏咪咪叫。

這是「一刻值千金」的春宵，連花朵也因為受了露水的滋潤發出濃郁的香味。

夜風拂來，香氣撲鼻。

張生上牀，用被窩覆蓋身體。

夜風轉勁，那木窗並未閂上，在風中一開一閉，均勻地發出砰砰的聲音。

張生一骨碌翻身下牀，趿着鞋子，疾步走去將木窗閂上。

崔鶯鶯一動不動躺在牀上，腦子裏充滿不可告人的念頭。她想着牡丹怎樣需了露水而盛開。

思想就是這樣一種東西，不受時間與空間的限制，而且有一個無限大的領域。

她腦子想的種種，別人永遠無法知道。

所以，崔鶯鶯有了許多大膽的想念。

現在，張生赤裸着身體睡在被窩裏，崔鶯鶯也赤裸着身體睡在被窩裏。

庭園裏的兩隻貓，咪咪咪，叫個不休。

是的，這是一刻值千金的春宵，雖然是一座廟宇，也到處是迷離的花影。

張生睡在暖烘烘的被窩裏。

崔鶯鶯睡在暖烘烘的被窩裏。

窗有夜風吹竹，簌簌作響。庭園裏有幾處竹篁，每至深更半夜就會發出這種近似音樂的聲音。

但是——

這時候的張君瑞睡在西廂；崔鶯鶯睡在別院。

兩人之間，隔着一道粉牆！

（發表於一九六四年九月四日《快報》）

點菜

李氏夫婦請麥氏夫婦在酒樓吃飯。

坐定，夥計拿菜牌給他們。當他們細閱菜牌時，李太問：

「有西芹嗎？」

「有，」夥計堆上一臉笑容。

「西芹炒什麼？」李太問。

「炒帶子。」

「不好。」

「炒生魚片？」

「不好。」

「炒腰花？」

「不好。」

「西芹炒牛肉。」

「好的，就來一個西芹炒牛肉。」李太接着便問，「有什麼煲仔菜？」

「今晚最靚的就是青衣頭煲。」

「不好。」

「試試我們的羊腩煲？」

「不好。」

「啫啫雞？」

「不好。」

「羅漢齋煲？」

「好的，來一個羅漢齋煲。」李太乾咳兩聲，又問：「有什麼海鮮？」

「石斑、筍殼、青衣。」夥計答。

「石斑有多大？」

「十八兩一條，」夥計答。

「太大了。」

「蒸一條十兩左右的，好不好？」

「太大。」李太說。

「蒸一條六七兩的？」夥記問。

「太小了，除了石斑頭，沒有魚肉可吃。」

「不如蒸塊鯇腩？」

「不好，不好，」李太說，「煎一塊曹白鹹魚吧！」

夥計用鉛筆寫下李太點的菜之後，再一次堆上一臉笑容：

「要不要湯？」

「有什麼湯？」

「我們這裏的北菇鳳爪很出名。」

「不好。」

「鮑魚燉雞？」

「不好。」

「生魚片連湯？」

「不好。」

「海鮮豆腐湯？」

「不好，」李太加強語氣說，「不如來一個例湯！」

（發表於一九六九年三月八日《新晚報》）

買了汽車之後

于基在中環一家商行擔任文員的職務，嘗夠擠巴士逼電車之苦，下決心積三千塊錢，買一輛二手車。

拿到車子後，心情愉快，立刻帶妻子兒女到淺水灣去兜了一圈。妻子兒女坐在車廂裏時，嘻嘻哈哈地說這輛汽車價廉物美。于基心裏說不出多麼的高興。

星期日早晨，于基全家坐着這輛剛買來的二手車，過海到新界去遊車河。孩子們興致高，精神足，歡天喜地。

到了星期一早晨，問題發生了。于基平時總在八點走出門口，搭乘巴士與電車前往中環返工；現在，買了汽車，可以從容吃過早餐，於八點半走出門口也不遲。但是，車子抵達中環後，發現瑪麗兵房前的停車場已泊滿車輛，一個車位也沒有。沒有辦法，祇好駛去干諾道中。但是干諾道中的臨時停車場也泊滿車輛。於是將車子駛去港澳碼頭前的停車場，還是沒有空位。兜一個圈，駛回希爾頓酒店的有蓋多層停車場，依舊每一層都擺滿汽車。看看錶，已是八點五十五分，距離上班時間祇有五分鐘。心中一急，祇好將車子駛去「大佛口」，在洛克道找到一個空位。將車子泊好。為了避免給經理留下一個壞印象，只好僱一輛計程車，前往中環返工。

這天下午，孩子們打電話來，吵着要看五點半那一場的電影。于基下班後，為了爭取時間，不能不僱計程車到洛克道去取車。

這種情形與于基最初的想像大相逕庭。按照于基的想法：有了汽車，就可以不必擠巴士逼電車了。殊不知第一天返工，就遇到泊車問題。

于基因這輛二手車獲得的喜悅，終於打了一個很大折扣。看完電影出來，帶孩子們上酒樓吃飯。回家，將車子停在大廈門前。這大廈門前的停車處，設有收費的咪錶，任何人泊車，都得餵角子老虎。

第二天早晨，因為過鐘未餵「老虎」，車頭玻璃窗上多了一張警方通知書。

于基十分惱怒，板着撲克臉駕車前往中環。

瑪麗兵房前的停車場泊滿車子。干諾道中的停車場泊滿車子。港澳碼頭的停車場泊滿車子。希爾頓多層停車場泊滿車子。甚至洛克道上也泊滿車子。于基只好將車子停在修頓球場附近，然後另僱計程車返工。一個星期過後，于基以五百元的價錢將這輛二手車賣給車房去「劏」！

（發表於一九六七年四月十三日《新晚報》）

大廈管理

（一日）水廁沒有水。

（二日）水泵失靈，連食水也沒有了。唐先生打電話給管理處，鈴聲響了很久，無人接聽。

（三日）上午八點一刻，三部電梯中的一部壞了；下午五點半，三部電梯中的兩部壞了。

（四日）郵差派來兩本雜誌，未能將雜誌完全塞入信箱，終於被人偷走。唐先生發覺此事後，向管理處的職員提出抗議，管理處的職員聳聳肩，露了一個苦笑。

（五日）走廊裏堆滿垃圾，臭氣難聞，變成蒼蠅大本營。唐太打電話給管理處，管理處的職員說：「垃圾婆因待遇太差，已辭工不做。」

（六日）電梯雖已修好，但是唐氏夫婦出街時，發現一部在抹油、一部被搬運公司的搬運工人霸佔，另一部則由管理處的管理員加以控制，只載上樓的住客。

（七日）唐先生發現同層樓的A座變成秘密賭檔了，走去向管理處抗議，管理員否認有這樣的事情。

（八日）秘密賭檔派人送「利是」來，唐太拒絕收受。

（九日）唐先生等電梯的時候，警員正在冚檔，有二三十個賭徒被拉去警署。唐先生被誤認為賭徒，經解釋後始獲釋放。

（十日）水泵又壞，食水中斷。

（十一日）搭乘電梯時，聽別人說：秘密賭檔又在頂樓復業。

（十二日）大門口的牆壁被鄰座的頑童用彩筆畫了兩隻狗。

（十五日）水廁沒有水。

（十六日）水廁繼續沒有水。

（十九日）有人將爆竹摔下來，被風吹入唐家的浴室，將晾竿上的衣服炸黑了。唐太打電話給管理處，管理員說：「我們無法查出是誰放的爆竹。」

（二十二日）天台有水流下，如同瀑布一般，從門縫中流入，室內幾成澤國。唐太打電話給管理處，沒有人接聽。

（二十三日）唐氏夫婦出街看電影，回家時，發現窗戶洞開，所有值錢的東西全被偷走。

（二十四日）水廁沒有水。

（二十五日）走廊裏又堆滿垃圾，唐太打電話給管理處，職員說：「新垃圾婆病倒了。」

（二十六日）幾個頑童，各自駕着三輪腳車，在走廊裏兜圈子。

（二十七日）鄰座舉行阿飛派對，「披頭四」之聲，不絕於耳，唐太打電話給管理處，職員說：「此事不在我們管理範圍。」

（二十八日）水廁沒有水。

（二十九日）水廁繼續沒有水。

（三十日）有人敲門，唐太走去將門啟開，是管理處的職員，問他：「有什麼事？」他堆上一臉阿諛的笑容，柔聲答：「收管理費！」

（發表於一九六七年二月二十二日《新晚報》）

父親節的禮物

籃球架旁邊，幾個同學在嘩啦嘩啦談些什麼。強仔好奇心起，走近去諦聽。原來他們正在討論父親節的禮物問題。

有的打算送皮夾給父親，說是希望他的父親賺大錢，皮夾裏經常裝滿鈔票。

有的打算送枝名貴的墨水筆給父親，說是給他的父親作簽字用。

有的打算送隻煙斗給父親，因為他的父親有吸板煙習慣。

有的打算送隻保齡球給父親，因為他的父親經常打保齡球。

有的甚至打算送一副精美的撲克牌給父親，因為他的父親喜歡打沙蟹。……

強仔走近去時，有一個名叫紹基的同學問：

「強仔，六月十五日是父親節，你打算送什麼禮物給你的父親？」

強仔一言不發，走到別處去了。他的家境並不好，對於這一類的事情一向不注意。

走到課室門口，又有兩個同學在談論父親節的事情。

同學甲說：「一年三百六十五天，倒有三百六十四天是爸爸請我喝茶，本星期日是父親節，應該輪到我請爸爸喝茶了！」

同學乙問：「你有錢嗎？」

同學甲說：「我哪裏會有錢？還不是向媽咪拿的？」

同學乙笑了。同學甲也笑了。但是強仔笑不出。

走進課室，強仔坐在自己的位子上，陷入無極的沉思。沒有人知道他在想什麼；不過，別的同學們看出他有心事。

上課的時候，他神不守舍地坐在那裏，眼睛望着黑板，卻不知道老師在講些什麼。

放學後，別的同學多數搭車回家，他卻為了省車費，總是步行回家。

經過相架店，見到一隻相架，很美。他問夥計：「這相架要多少錢？」

「四塊錢，」夥計答。

強仔不說什麼，提着書包走回家去。回到家裏，連做家課的心情也沒有。他的腦子裏祇有一個問題：怎樣找到四塊錢。

母親當然會拿得出四塊錢的；但是母親成天替別人熨洗衣服，賺錢辛苦得很。他不願意向她拿錢。

「不如向同學們商借吧，」他想。

然而這也不是辦法，第一：同學們未必肯借給他；第二，即使肯借，他也沒有辦法歸還。

心煩意亂。吃晚飯的時候，吃了半碗，就將碗箸放下。上牀後，老是睜大眼睛望着天花板。

他必須設法找到四塊錢，將那隻相架買來，作為父親節的禮物。

經過一夜的思考，終於想出一個辦法。第二天，大清早就起身，早飯也不吃，提着書包出街，說是返學，卻走去渡海小輪碼頭向人求乞。

向人求乞，當然是一件可恥的事情；但是，除此之外，再也沒有別的辦法可以弄到四塊錢。費了一天的時間，終於討到了四塊錢。他走去相架店買那隻相架，然後回家。這一天，他沒有返學。

回到家裏，將相架遞給母親。

「六月十五日是父親節，我送這隻相架給你，」他說，「有了這隻相架後，就可以將父親的相片掛在牆上了。」

強仔的父親在三個月前被汽車撞死！

（發表於一九六九年六月十五日《恆報》）

二十四與四十二

上

當衣莉二十四歲的時候，她的父親，經商失敗，為了償還積欠，將她嫁給一個姓李的老頭子。這老李是個有錢人，常常用錢去玩弄異性。衣莉對於老李不但沒有好感，而且十分憎厭。如果不是因為父親要還債，她是怎樣也不願嫁給老李的。

嫁給老李後，日子過得很單調。老李有幾個妻妾，衣莉是其中之一。對於老李，衣莉只是一種裝飾品，等於家裏多一束鮮花。老李高興時，就走去嗅嗅那束花，不高興時，根本連這束鮮花的存在也不察覺。

衣莉與鮮花當然不同。最顯著的不同是：鮮花枯萎了，會丟掉；衣莉的年紀一年比一年大，老李始終沒有將她趕出家門。

衣莉是一個美麗的女人，但是老李的妻妾們個個都美麗。何況，老李還常常走到外邊去玩弄女性。在他的心目中，衣莉的地位並不重要。

在李家消磨了十幾年的光陰，老李離開人世。老李遺下一大筆遺產，留給妻妾子女。衣莉也拿到了一份，數日相當大。

下

當衣莉四十二歲的時候，她結識了一個名叫小張的男人。小張年紀很輕，只有二十一歲，貪吃懶做！經濟情形很差。衣莉常常拿錢給他花用，藉以討好他。衣莉是很喜歡小張的。小張卻拿了衣莉的錢去與別的女人廝混了。衣莉獲悉此事，急得什麼似的，向小張提出結婚的要求。起先，小張不答應，坦白指出衣莉年紀太大。後來，衣莉以金錢為餌，如果小張答應與她結婚，她就送十萬塊錢給他。小張需要錢用，答應了。

結婚後，兩人的感情並不融洽。衣莉企圖從小張身上獲得失去青春的補償，但是小張卻不肯將真摯的感情交給她。小張常常向衣莉拿錢，拿了錢，就出去找那些年齡與他相仿的女人廝混。

有一天晚上，小張冒雨出街。當他回來時，已是翌晨。衣莉厲聲責備小張，小張不但不生氣，反而說了這樣的話：

「我愛上一個女人，她很年輕。」

「你這話什麼意思？」

「我要跟你離婚！」

衣莉氣得差點沒暈了過去。她知道小張已變心，再也無法使他回心轉意。她的錢，已經全部給小張騙走。

（發表於一九六八年二月十二日《新晚報》）

作者簡介

原名劉同繹，字昌年，一九一八年十二月七日生，卒於二零一八年六月八日。祖籍浙江鎮海。四一年上海聖約翰大學畢業，曾在重慶、上海、香港、新加坡、馬來西亞等地任報紙、雜誌編輯、主編。一九九四年為香港臨時市政局「作家留駐計劃」第一任作家。一九八五年一月至二〇〇〇年六月，任《香港文學》月刊總編輯。一九三六年開始發表作品，主要作品有《酒徒》、《寺內》、《對倒》、《打錯了》、《天堂與地獄》、《島與半島》、《他有一把鋒利的小刀》、《短綆集》、《見蝦集》、《劉以鬯實驗小說》、《龍鬚糖與熱蔗》、《端木蕻良論》、《他的夢和他的夢》、《打錯了》、《甘榜》等。《劉以鬯中篇小說選》為第四屆香港中文文學雙年獎小說組獲獎作品；《對倒》為第六屆香港中文文學雙年獎小說組推薦作品；《酒徒》入選北京出版的《百年百種優秀中國文學圖書》、《亞洲週刊》評選的「二十世紀中文小說一百強」與《香港筆薈》評選的「二十世紀香港小說百強」。二〇〇一年，獲香港特別行政區政府頒授榮譽勳章。